我想吃掉你的故事

歡迎來到煩惱諮詢社

明昭庭 著　ryepe 繪圖　何汲 譯

【推薦①】

故事，都是自己生命的一部分

文◎彭冠綸（館長小編）

通常一間圖書館的書會隨著時間越來越多，怎麼會有一間圖書館的書越來越少呢？我們都說圖書館是存放書本、存放故事的地方。但在這間學校的圖書室，卻是個吃掉故事的地方。

「吃掉故事？」聽起來難以理解。其實就是那些你想淡忘，不希望再想的事情。如果有一個人可以吃掉你的故事，讓你忘卻那些痛苦的人、事、物，你願意嗎？

故事從一個校園裡的圖書室展開，女主角世月在圖書室遇到了一個男孩，看起來是人類的樣子，實際上卻是一個吃故事的怪物，大家稱他為「話怪」。因為話怪需要吃故事才能維持人類的樣子，而存在最多故事的地方就是學校的圖書室。

世月發現話怪正在吃書，世月非但不害怕話怪，反而幫話怪想辦法。怎麼樣可以不吃圖書館藏的故事呢？她於是靈機一動，在圖書室成立了一間煩惱諮詢社。

有煩惱的同學會來到圖書室，世月和話怪會傾聽這些人的故事。無論是家長不支持自己的夢想、無論是單戀同學的女孩，或是目睹同學自殘的男孩。

當他們說出他們的煩惱，煩惱諮詢社的下一步，就是徵詢他們的同意，讓話怪吃掉他們的故事，讓這些痛苦的回憶被忘記，跟沒有發生過一樣。

這本書的故事就這樣展開，在閱讀的過程中，我也思考著，刪除回憶是最好的辦法嗎？

如同書中所說：「和別人一起度過的記憶，並不屬於自己。你不能自己胡來。」一個懷抱小說家夢想的孩子，因為和父母的強烈衝突，想要刪除自己對當小說家的喜愛，記憶刪除後，就不會再重燃對寫作的熱情嗎？

閱讀這本書的過程中，我一直在想，或許比吃掉故事更好的做法，是找到一個願意聽故事的人。

如同書中所說：「事實上，只要能對別人傾訴自己的煩惱，心情就會輕鬆很多。」或許不需要吃掉別人的故事，只需要當聽眾，好好地傾聽。在訴說的過程中，人們自然會爬梳自己的情緒，覺察自己、承認自己、改變自己。

故事不需要被吃掉，而是透過述說去改寫，那些難過和痛苦，未來都會成為養分和祝福，都是自己生命的一部分。當你開始改寫故事，你會發現那些過去式會變成未來式，你正在創造屬於自己的故事。

關於彭冠綸（館長小編）

是三個孩子的母親，也是一個小鎮的圖書館長，同時也是臉書【館長小編的圖書館日常】版主。透過圖書館工作者的善意，看見讀者的需要，回應讀者的需要。讓圖書館成為人們生命中的驛站，在書本中歇腳、在閱讀中喘息、在文字中重新得力。出版《療心圖書館：小鎮圖書館長告訴你閱讀改寫人生，遇見幸福的祕密》。

【推薦②】

煩惱是上天包裝過的祝福

文◎宋怡慧　作家／丹鳳高中圖書館主任

蔣勳曾說：「當阮籍長嘯時，山鳴谷應，震驚了所有的人，那種發自肺腑、令人熱淚盈眶的吶喊，我相信是非常動人的。」

這部作品讀來也有一種被壓抑的煩惱，突從心底嘶嘯而出，「笑傲」的吶喊，有厭世的悲憤，更多的餘韻是年輕世代面對煩惱的另類態度。年輕小說家明昭庭《我想吃掉你的故事》特意用刪除記憶的主題，奇幻的創作手法，讓讀者思考「煩惱」與人生的關係，以及面對它的心態與做法。小說場景出現在知識來源處的圖書館，我們常說：書籍的智者為我們人生提燈解惑，閱讀更是靈魂的混血，我們不可能決定自己的出身，卻能靠閱讀讓自己的思想躍進升級。因而，這本小說設定以吃書的「話怪」林彗星為主角，以不吃書為條件成立「煩惱諮詢社」，之後的情節就千迴百轉，緊湊刺激地讓讀者思考角色互位：你若是諮詢的學生，是否要讓「話怪」吃掉自己所有的煩惱？這本青少年專屬的小說，設定「年輕」層會遇到的「人事時地物」，很有創意地用科幻的筆法，從「諮詢」的渠道思考：面對壓力、挫折，除了透過話怪為其消弭外，如果能做好情緒管理，是不是就能靠自己讓煩惱成為人生助力？

聯合國「二〇一九年世界幸福報告」指出：二〇一〇年到二〇一八年間全球的負面情緒（擔憂、悲傷、憤怒等）快速飆升了百分之二十七。因而，作者沒有說的寫作企圖，我推論為社會覺察（social awareness）。她利用新穎的題材，讓讀者尊重不同的文化思維，處於不同的場域，我們理解也尊重不同的看法，同時，在抉擇時學會同理與關懷。如果能在青少年時期學會人際溝通，維持正向表達，就能在成年進行良好的群體互動，建構一個團隊合作的共好循環。透過社會情緒學習（SEL）的歷程，讓自己覺察情緒、接納自我、掌控未來。

記得一一〇年學測國寫測驗中，要考生以「經驗機器」的利弊進行權衡，說明自己是否支持抑或是反對機器上市。「經驗機器」的存在，能刪除痛苦的記憶，並為你量身訂做幸福，快速享受虛擬的幸福人生，這個命題和這本小說的寫作動機是不是如出一轍？我特別有印象的是，有一名考生提到：不勞而獲的幸福會讓我們失去對美好生活的想像與執行力，甚至失去從錯誤自省的成長機會。就像這本書對讀者提出的叩問：當你面對無法解決的煩惱，是要話怪吃了你的煩惱，永遠忘記痛苦的記憶？還是要勇敢留下它、面對它？

作者沒有給出任何答案，卻讓我思索：煩惱其實也是上天包裝過的祝福，人生難道不是為了探尋更好的自己，在受困的時刻，從而尋找最好的解方，並嘗試再突破，最後邁向幸福的歷程？當我們如浴火鳳凰般歷經苦難而重生，內在的喜悅與快樂，更是書寫獨一無二人生故事中最動人且可貴之處了，你說是嗎？

關於宋怡慧

新北市立丹鳳高中圖書館主任、聯合線上專欄作家、《親子天下》翻轉教育網站駐站作家。推動閱讀經歷豐厚完整，曾受邀台灣各大報章雜誌及電視節目進行閱讀教育議題專訪，被媒體譽為「閱讀傳道士」。著有《用書打怪》《原子習慣實踐之旅》等作品。

充滿個性的故事，以「酷」面對苦惱

《我想吃掉你的故事》全面展現了話怪這個角色，本書是以「吃故事（記憶）」的目的，安排了「諮詢」的媒介，呈現青少年如何面對苦惱的企劃和設定，忠實於「十幾歲」的主題意識。雖然與一般網路小說的輕快感和速度感略有不同，但獨特的設定、將作品牽引到最後的力量，以及魅力十足的角色、有個性的文體，使得這部青年奇幻小說（Young Adult Fantasy）[1]變得特別。

李永熙（Everyway月刊網路小說評委，清江大學網路小說系教授）

所有世代的共鳴

「吃故事的怪物」的概念很新穎，文章讓人很有感覺，不愧是年輕人的視角，很酷。這是所有世代都能產生共鳴的主題，對「關係」的洞察力非常突出，相信會感動所有人。

趙成遠（韓國電影學院院長，電影製作人）

獻給孤軍奮戰的青春

在韓國，青年奇幻小說是非常罕見的類型。從青年奇幻小說已經在海外形成主流題材這一點來看，韓國幾乎沒有這樣的題材，著實令人遺憾。而《我想吃掉你的故事》則是一次消除這種遺憾的作品。

作者是即將大學畢業的所謂「MZ世代」[2]。和任何人一樣，自己的苦惱是迫切而沉重的。如果被貼上十多歲青少年的標籤，其苦惱經常被塗成更微妙的顏色。這部作品的特別之處便在於此。青少年經歷的苦惱極其迫切和沉重，但作者和登場人物始終以非常「酷」的態度對待苦惱。「如果是無法實現的夢想，如果是無法實現的愛情，還不如讓那些記憶都忘記」，從某種角度來看，完全可以視為過度激動的吶喊，被置換為「吃故事的怪物」的新鮮幻想，成為了屬於他們「酷酷」的治癒敘事。怎不令人感到驚訝呢？

還有一點，苦惱總是交織著「別人」，所有解決方案都要考慮「雙方」，雖然非常理所當然，但作者犀利地指出了容易錯過的點，這是作者的洞察力和文學想像力相互結合所產生的具有意義的成果。對於目前正在通過所謂「十幾歲」的隧道的青少年，以及雖然已經歷過十幾歲，但是仍在另一個隧道裡孤軍奮戰的更上一代的人來說，這部作品都足以讓人感動。

李東恩（天主教大學媒體技術內容系教授）

期待影視化

想像一下，如果給話怪看Netflix的話，會發生什麼事情。不，比起那個，如果在Netflix給大家看話怪和這本書呢？我已經開始期待這部作品的影像化了。

柳勇在（電影、電視編劇）

1 譯註：青年奇幻小說（Young Adult Fantasy，簡稱ＹＡ）為小說類型之一，目標讀者為未滿四十歲的青壯年，可涵蓋青少年（約十三歲至十九歲）乃至輕熟齡（約二十至四十歲）的社會人士。

2 譯註：韓國所謂的「ＭＺ世代」係指出生於一九八〇到二〇〇〇年代初期的千禧（Millennials）和Ｚ世代，亦即十八到四十歲的年輕人，他們普遍關注公共議題，比起理念更重視「實際利益」。

【台灣版序言】

承載希望，幻想才能成真

作者◎明昭庭

以熟悉的空間為背景的奇幻故事，給人一種未曾經歷卻彷彿成為自己回憶的體驗。就像觀賞電影《不能說的祕密》中的鋼琴對決場面後，讓人對不擅長彈奏的鋼琴，也會懷有一種模糊的思念一樣。

我所就讀的高中雖然不是為了專攻藝術的學生而設立，但是有很多同學非常擅長演奏樂器。有一次，在教師節那天，這些同學們在學校一樓進行演奏。我們學校的建築物從一樓到五樓都是中空的構造，所以我們可以從五樓俯瞰到一樓，每層樓的老師們也都會站在欄杆旁邊觀賞演奏。然後，當歌曲開始演奏的同時，在五樓待命的學生們，放下了預先準備好的氣球，讓它們飄向了一樓。而氣球如雨珠般落下的那一瞬間，就是我高中生活中最夢幻的時刻！

當許多人所經歷的平凡時刻中，增添了浪漫元素的瞬間，就能成為讓人產生共鳴的故事，同時也成為難得一遇的回憶。這正是我想說的故事。

我所描繪的怪物「話怪」真的是非常適合這種故事的角色。很多人都有想要刪除的一些記憶，但實際上卻沒有人能夠做到。若要成為能夠融入日常生活的幻想，必須承載人們的渴望。因為唯有如此，才會有人希望幻想能夠降臨到自己身上。

我相信這種渴望並不會區分國界。這個故事得以翻譯成其他語言也正因為如此。光是能讓台灣讀者讀到《我想吃掉你的故事》這本書，就讓人十分感謝，但請容我更貪心一點的是，希望它也能夠同時受到台灣讀者們的喜愛。

感謝所有閱讀這本書的人。當你翻開這一頁的瞬間，將與世月、彗星和素媛一起展開學生時代，希望這個故事能夠成為大家珍藏的回憶。

目錄 CONTENTS

1 在圖書館遇見的那個傢伙

被撕得滿地的書籍上，有著野獸的牙印，有些只剩下封面的書被丟棄在一旁。光是掉在地上的書籍，就大概有十多本……

直到上週還好端端地來教書的圖書館老師突然遞了辭呈。在學期已經開始的情況下，重新找一位圖書館老師，彷彿像是摘下天上星星般的困難，而接手圖書館的國文老師工作已經相當繁重。結果，原本擔任學藝股長的我，得到了幾項特權，並且代理了採購書籍的任務。

但是負責這項任務才沒幾天，就出現了問題。原本因為是剛成立的學校，所以擁有的圖書並不多，但是書籍遺失的現象卻非常頻繁，幾乎每天都能看到書籍在眼前消失，我也為了這件事和國文老師討論過好幾次。明明是未經許可擅自攜帶書籍離開圖書館的話，警報器應該就會響起來，但是最近幾天圖書館的警報器一次也沒有響過。

「警報器應該不可能有問題啊！因為上次有個學生忘了登記借書，不小心就把書帶出去的時候，警報器也響了。」

「每次整理遺失的書籍目錄，並且到宿舍去搜查的事情也都做了，但是那些不翼而飛的書籍，一本也沒有發現……」

如果是許多人共同做的事情，肯定能看到漏洞，但是從一本書都沒有發現的情況來看，肯定是同一嫌犯所為。

中午時分一直往返於圖書館的學生們的手中，似乎也沒有偷偷帶書出去的情形。最重要的是，白天放在書架上的書籍，也沒有消失的跡象。

在一無所獲的情況下，到了晚上，我正要鎖上圖書館門的剎那，從走廊的另一端，看到了一副熟悉的面孔，如果是這個學校的學生，就不可能不認識他。他就是這所菁英群集的明星學校中，成績頂尖的首席，在開學典禮時，也擔任學生代表宣誓。在學校的各項活動中，他一直是學生們的意見領袖，溫文儒雅的外貌，讓人對他的臉龐印象深刻。而且學生們還說他連名字也帥氣得不得了呢！是叫林彗星嗎？

「馬上就要上自習課了，妳還要留在圖書館嗎？」

「啊！我是負責關門的。舍監也知道我為什麼比較晚走。不過你才應該要趕快離開吧！感覺會遲到？」

「說得也是，那麼妳離開的時候注意安全，辛苦了。」

因為沒怎麼見過他和其他學生們來往，所以我懷疑他是不是性格乖僻，但是聽他說的那些話，語氣十分親切，好像是個沒有什麼稜角的人。

他悠然自得地離開了座位，看了一眼我手中的鎖頭，轉移了視線。然後我確認了纏繞著圖書館門環的鎖頭牢牢鎖住後，向宿舍走去。

晚自習通常是在宿舍一樓的讀書室。一如往常，大家正在寫模擬考卷，很快就到了休息時間，我沒有特別志同道合的朋友，所以就把在宿舍的庭院裡吹風當作樂趣，獨自坐在裝飾精美的花壇旁的長椅上，幾乎聽不見風聲，感覺猶如一座寧靜的樂園。

一般來說，直到下一個自習時間的鐘聲敲響為止，沒有人會來這裡，但是今天有別於以往。在圖書館遇過幾次的女學生，小心翼翼地前來搭話，問說如果可以的話，是否能暫時將圖書館的鑰匙借給她？這是件瑣碎而又罕見的事情，讓人感覺像是即將發生什麼意外的前兆。

「對不起，最近圖書館裡經常發生書籍遺失的事件，直到這個問題解決為止，應該沒辦法出借鑰匙。」

「啊！沒關係。是我沒想太多就拜託妳。對不起。」

「我可以問妳為什麼要借鑰匙嗎？如果是我力所能及的事情，我可以代替妳去一趟。」

「那就拜託妳了。我把明天準備考試用的筆記本放在圖書館的桌上了，能夠幫我拿出來嗎？」

因為休息時間才剛開始沒多久，所以我向舍監老師說明情況，儘快回來的話，就能有驚無險地趕上下一段自習時間。我懷著擔心遲到而忐忑不安的心情，逕自走進了圖書館所在的二樓。

走廊漆黑一片，沒有一絲絲光線。如果這裡是間老舊的學校，甚至會讓人覺得現在是鬧鬼的好時機。圖書館內部也和走廊一樣，四周一片漆黑，別說是筆記本，連書桌的位置都很難確認。

打開門鎖的那一瞬間，我聽到從裡面傳來沙沙作響的聲音，身體不自覺地僵住了。我小心翼翼地踮著腳走到裡面，接著傳來了什麼東西與地面互相碰撞的聲音，分明是圖書館內發出來的聲音。

肯定是偷書賊！我想到要抓住現行犯，立即按了門邊的電燈開關。燈一亮，從書架之間匆匆經過的人影映入眼簾，我立刻奔向似乎有人移動的地方。

夜裡的不速之客很快地就走投無路了。然後，當我與他四目交接時，無論如何也想不出面對眼前的情景，應該做何感想。

被撕得滿地的書籍上，有著野獸的牙印，有些只剩下封面的書被丟棄在一旁。光是掉在地上的書籍，就大概有十多本。凌亂的書籍就像格林童話《糖果屋》（Hansel and Gretel）中漢斯撒下的白色麵包屑一樣，掉落在現行犯行經的路線上。而且，道路的盡頭站著明明長得像人類，卻感覺不到人類氣息的生物。

把書撕得粉碎的怪物，張著虎牙和火紅的眼睛，看到我便一下子慌張起來，然後慢慢地變成了人形。起初，白色的鬃毛像塵土飛揚般消失，到了最後，除了紅眼珠和虎牙，乍看就像一個人。我認得這張臉，是林彗星，那分明是林彗星！他目不轉睛地看著我，嚥下了嘴裡叼著的書，然後才變成我所知道的林彗星的模樣。

「……林彗星？」

「……哦，哦？圖書管理員，對吧？」

文學
0001

我曾經非常短暫地好奇過，看似分明很好相處的他，身邊為什麼沒有多少朋友呢？但是，如果猜到是這種程度的祕密的話，絕對不會想一探究竟的。他帶著叫我別害怕的尷尬笑容，以只要我願意就完全可以逃跑的速度走了過來。

「我沒有要傷害妳的想法。但是請答應我一個請求，這對我們兩個來說，也是好事。」

「是……什麼請求？」

「請讓我吃掉妳見到我的記憶。妳忘了這件事，我則保守祕密。如何？這是個很好的交易吧？」

不是讓我忘掉記憶，而是吃掉它？即使我想要與他對視，但視線也自然而然地投射到地面。看到散落一地的書籍的瞬間，我才勉強想起了當初為何出面直擊現場的原因。突然像被澆了一盆冷水，頭腦整個清醒過來。

「對不起，我不能那樣做。我已經籌劃好幾天了。」

我拾起一本已經被林彗星吃掉一半的破爛的書。這段期間，無數的書都被搞成這副模樣，進入了他的嘴裡。正如林彗星所說，如果讓他吃掉我的記憶，那麼我在學校生活期間，就完全不會知道這件事情的真相。

「你也是因為某些原因才會假扮成學生，是吧？這裡還裝有監視器，也有其他學生知道我來圖書館了，如果我出了什麼問題，你也會很為難吧？」

「不，妳究竟是什麼樣的人，看到怪物也不驚訝？」

「我確實很驚訝，不過現在只因你是現行犯而感到非常生氣。」

「我沒有想要惹麻煩的意思，只是想安靜地一邊吃著書，一邊上學而已。」

「問題就在安靜地吃書啊！你知道我為此苦惱了多久嗎？」

他擺出各種表情，像是真心感到為難似的，小心翼翼地看我的臉色。剛才我看到的怪物般的樣子到哪裡去了？

「知道了，我不會再那樣了。但是，以後能不能幫幫我？」

「要幫你什麼？」

「……如果不吃書，我需要吃別的東西來取代。」

這樣看來，剛才不是說要吃掉我的記憶嗎？難道吃書的理由不是因為那是紙，而是因為書中的內容嗎？

「我是話怪，是靠吃故事維生的怪物，雖然我吃掉的故事會被人們遺忘是個缺點。」

「那麼，如果你吃了書，人們對這本書的記憶也會消失嗎？」

「差不多是這個意思，但是稍微有點不同。準確地說，只有親自讀過我吃掉的這本書的人，才會忘記書的內容。這裡的書是人們幾乎沒有讀過的書，我覺得吃掉也不會有人受到太大的傷害，所以才偷偷地吃了。」

「並不是說沒閱讀就不會造成損失。可能你是怪物而有所不知，對於我們來說，書本消失本身就是很大的麻煩。」

「雖然並非不知道這是件讓人困擾的事，但是……為了要活下去，我無技可施。」

還不如像剛才一樣，一直維持像怪物般的模樣就好了，但是他用宛如真人一樣的臉，露出悶悶不樂的表情，讓我在良心上有些過意不去。但是仔細想想，要感到內疚的人，應該是他才對吧！

「取代吃書的東西是指什麼？」

「人的故事。」

「那樣的話，那個人會失去記憶的。」

「應該是那樣沒錯。」

這是在說什麼呢！我不禁火冒三丈，好不容易才忍住，沒有大吼出來。

「乾脆還是吃書吧！我會在現場檢舉你，然後把你趕出去。」

「別只往壞處想，世界上並不只有想要珍藏的記憶。」

林彗星，不，話怪微妙地露出讓人心情變差的笑容，向我陳述了他的邏輯。

「我必須得到人們的允許，才能吃掉他們的故事。我怎麼可能只靠吃書就活到現在呢？世界上希望忘記自己不好的記憶的人，遠比想像中還要多。」

聽完這段話，我又覺得言之成理。如果只吃那些不好的記憶，而且真的限制自己必須得到許可，那麼話怪與人共存也是有可能的。只有得到許可才能吃掉，這似乎也是事實。不然的話，他早就已經把我的記憶給吃掉了。

「所以說，你以後不會再吃書，只會去找那些試圖抹去記憶的人，對吧？」

「嗯，我也不想弄得一團亂。請妳幫我找到那些有需求的人，我發誓以後不會再發生這種事情，如何？」

反正光憑我一己之力，也不能把他趕出去，如果不接受這個請求，說不定他會心存報復而讓我吃足苦頭。但問題是，我到底要怎麼找到想抹去記憶的人呢？就在我苦思良策的瞬間，突然想起了拜託我擔任圖書管理員時，國文老師所說的話。就是只有充當校內志願服務，誘因可能不夠而賦予的特權，當時我沒有特別的想法，所以沒有接受。但是現在想想，只要好好利用這個特權，就可以接受彗星的這個請求。

「不用幫忙找，只要讓想抹去記憶的人自己來這裡就行了。」

之前老師提議的特權很簡單，就是以圖書館的小研究室當成社團辦公室，不受人員限制，可以設立任何目的的社團。當時，除了圖書社之外，我沒有找到特別想做的活動，所以覺得這個特權沒有什麼魅力。

那麼，想要抹去記憶的人，會做出怎樣的行動呢？他們將設法解決那些因記憶而產生的問題。他們可以選擇的行動之一，就是向別人傾訴，但是向親近的人傾訴的話，會有被傳開的危險，接受專業的諮詢，負擔又很大。

國中時，我有個朋友為了得到志願服務活動的分數，曾經加入同齡人苦惱諮詢社。老實說，我曾經對於誰會想在那裡接受諮詢而感到驚訝，但是保密措施做得比想像中徹底，而且前往諮詢的學生也比想像中還要多，讓我感到十分神奇。這個學校才剛建校第一年，所以還沒有聽說有這樣性質的社團或單位。那麼，如果我和林彗星共組一個社團，接受有煩惱的學生們的諮詢，結果會怎麼樣呢？

「煩惱來自問題，問題來自記憶。」

當然，單憑抹去記憶無法解決的問題很多，但是煩惱諮詢社沒有必要代替解決苦惱，只要傾聽學生們訴說的苦惱，找出其中透過消除記憶就能解決的事情就行了。

「只要讓苦惱來到我們身邊就行了。」

我把剛才想到的內容簡要地向他說明，建議共同成立煩惱諮詢社，蒐集學生們的苦惱。

「話說回來，你原來的樣子是什麼？林彗星是實際存在的嗎？」

「林彗星就是我原來的名字。」

「你是怎麼入學的？」

「當然是偽造了一些文件。啊！不過入學考試完全是憑自己的實力考上的。」

是啊！因為他是吃書且能加以吸收的怪物，所以知識應該相當淵博吧！那一瞬間，透過窗戶，宿舍方向傳來了通知下次自習時間的鐘聲。我這才想起當初進入圖書館的理由，急忙拿起獨自躺在附近桌上的筆記本。

「你不回去嗎？現在是自習時間呢！」

「妳自己回去吧！反正不能再看的書，我要全部吃完再走。」

「在這種情況下，你還說得出這種話？」

也是，如果看到這樣被破壞的書，任誰都會知道這件事非比尋常。我覺得還不如讓他自行銷毀證據，於是一手拿著同學託付的筆記本向宿舍跑去。然後心想著莫非這是我不小心在自習時間睡著，所以才做的噩夢嗎？但是，手上所感受到的筆記本重量，馬上否定了我的這個想法。

舍監老師責備我遲到的話，我也沒能聽清楚。真正面對怪物時，相當清醒的頭腦，在放鬆下來之後，感覺好像跌至谷底了。但是，無關於此，真正該做的事情還是要做。我逕自走進讀書室，在回到座位前，把筆記本遞給了託付我的女學生。

「哇，真的謝謝妳！對不起，讓妳受苦了，因為我而挨訓。」

「沒關係，是我算錯了時間才會遲到。對了，說到謝禮的話……」

即使成立了煩惱諮詢社，如果無人知曉也沒有用。最好的宣傳不就是口碑嗎？與其向陌生的同學說明，不如請這位拜託我拿筆記本的同學幫忙，她看起來口才不錯，周圍肯定也有很多朋友吧！於是我告訴她將要成立一個煩惱諮詢社，請她多加宣傳。

「當然啦！但是，真的只要這樣就好了嗎？」

「嗯，請多多宣傳。知道了吧？」

第二天早上，我在上課前為了申請設立社團去了教務處。當我拜託老師，說想和林彗星共組社團時，有別於上次那種即使人數不夠，也會欣然答應的態度，她似乎有口難言，猶豫了好一會兒，好不容易才說了出來。

「那個，世月啊！我只是問一問，該不會是你們兩個人為了談戀愛而組建社團的吧？」

唉呀！也是啦！如果一男一女想要組成一個社團，可能是會被誤會的啊！我馬上回說絕對不是那樣，老師好像還是沒有完全消除疑慮，但約定就是約定，她承諾說會核准，並且把需要填寫的申請文件交給我。

「社辦的話，會選擇圖書館的研究室吧？正式名稱要叫做煩惱諮詢社嗎？」

「是的。我會在午飯時間填完文件，再拿過來給您。」

「好吧，就這樣吧！登記成立社團可能需要幾天的時間，不過可以提前辦社團活動，就算通過登記有所延遲，也不要著急。研究室的鑰匙，我會在午飯時間拿給妳。」

「謝謝老師。」

走出教務處的途中，在朝會之前，我與前往教室的林彗星四目相對。他可能是想起了昨晚的事情，以略顯尷尬的表情，小心翼翼地跟我打了招呼。

我一臉埋怨地瞪了他一眼，他則偷偷地避開我的眼神，想要趕緊從我面前走過。然而正好有話想對他說的我，抓住試圖躲開我進入教室的他的手臂。

「吃完午飯就來圖書館吧！關於成立煩惱諮詢社，我有話要說。」

「啊！妳是說社團嗎？知道了，我吃完飯就去。」

「對了，能提供你的聯絡方式嗎？以後有事情的時候，與其親自去找你，不如傳訊息會更方便一些。」

聽到我索取聯絡方式，他面露難色，下意識地把手放在脖子後面。彷彿做了什麼對不起我的事，雖然的確也是如此，然後他用低沉的聲音，給出一個我完全意想不到的回答。

「嗯，我沒有手機。」

「什麼？」

「反正宿舍就在學校裡，也沒其他人會跟我聯絡，所以就沒有使用手機。」

「也對，因為你是怪物！」

「我也有名字。雖然世界上有很多怪物，但叫做林彗星的，只有我一個人。」

「還有很多怪物嗎？聽起來怪嚇人的。」

第一次聽到話怪這個名字時，雖然怪物本身這個事實就讓人感到驚慌，但是不知道話怪究竟是做什麼的。如果是像九尾狐或鬼怪一樣的話，或許還能知道是什麼怪物。如果有怪物專家的話，我真想抓住他好好問個究竟。啊！想想看，比誰都瞭解話怪的人，不就在眼前嗎？

「話說回來，我活到現在第一次聽說有話怪這種怪物。其他怪物倒是聽過很多次，或者說鬼怪也是。」

「鬼怪是人們隨便取的名字。我也是他們其中的一員。話怪以前還跟人類一起生活呢！當然，我一直隱藏自己是怪物這個事實。」

我悄悄放開至今還緊握著的他的胳膊，輕輕地揮手致意。彗星瞥了我一眼，然後模仿我的動作，搖晃著自己的手，跟我打完招呼後，就馬上進入了教室。

如果只是把他當成怪物的話，感覺他似乎比人類還要小心謹慎。

雖然不能說覺得他像個人，但是只要把火紅的眼睛和鋒利的虎牙一直重疊在他的臉上，要用清醒的眼神來看待他，似乎就是錯的。

吃完午飯剛到圖書館時，坐在研究室前沙發上的彗星映入眼簾。我把剛收到的研究室鑰匙從口袋裡拿出來給他看，然後用那把鑰匙打開研究室的門，讓他親眼瞭解用途。

今天把他叫來的原因，是為了讓他知道以後的活動空間。不過，其實真正的目的是身為圖書館員的我，必須自行打掃研究室。原以為他會不高興，但是他微笑著，好像說交給他就行，然後趕緊接過了掃帚和畚箕。當他大概打掃完後，我再進入研究室時，房間變得非常整潔，讓人不敢相信在這麼短的時間內，他全都打掃完了。

「說實話，我完全沒有期待，但是比我想像中的還要乾淨。」

「這是我第一次以學生的身分出現，我經常偽裝成人類生活。」

「好像如此。看來不用擔心你被別人發現是怪物。」

「妳到昨天為止，也都不知道呢！」

那是因為我們不怎麼熟的緣故啊！

「總之，活動將從明天開始。晚上會在宿舍和學校的公告欄上張貼宣傳海報，午休時我們一起來製作吧！」

「啊！那個，我本來就覺得有需要，所以昨晚就做了。要不要看看？」

「感覺可以就這樣直接送印了呢！這些你是什麼時候學的？」

「我曾經當過圖書設計師，因為能夠便宜地拿到庫存的書，雖然都不是很好吃的故事。」

一聽到這番話，我就覺得對話怪來說，這真是最好的工作，甚至讓人產生為什麼現在不做那件事的想法。

「但是，昨天的自習時間應該還沒有足夠時間可以做吧？難道你是在就寢時間偷偷做的嗎？」

「……這件事不能睜一隻眼閉一隻眼嗎？」

「什麼？這種程度算得上是正人君子了。違反校規的也不是只有你一個人。」

因為我也不是經常遵守校規。老實說，對於要做的事情很多，想做的事情也很多的高中生來說，午夜十二點就寢是不是太早了呢？

「辛苦你了，貼海報的事情就由我來吧！」

「不，印好之後，把其中一半的分量拿給我，宿舍就由我來貼吧！」

若是今天貼完宣傳單的話，明天開始大概就會有一、兩名學生找上門來。雖然抹除別人的記憶並不是一件好事，但是如果學生們有這些需要，話怪將成為在這個學校中，與學生共存的個體，一如怪物和人類一起生活的傳說故事中的世界一樣。就像話怪對人類有幫助，而人類的故事有助於話怪的時候一樣。

至少當時我是這麼相信的。

2 無法實現的話，乾脆讓我忘記吧！

當說出「想忘記小說家這個夢想」這句話之際，說出「放棄夢想也沒關係」的自信，就像在陽光下融化的冰一樣，瞬間消失於無形。

社團開始活動已經過了好幾天。雖然有很多學生來到煩惱諮詢社，但是他們帶來的大部分都是想考好期中考或是與朋友吵架的問題，很難說是很嚴重的煩惱。

然而，機會總是在意想不到的瞬間突然降臨。很多學生為了去補習班，週末都回家了，但是不用去補習班的我，週末也會留在學校宿舍。當然，無處可去的彗星也是如此。透過圖書館的窗口，看到宿舍前面排滿了來接學生的家長們的車子，喧鬧的聲音與圖書館的寂靜形成鮮明對比。然而，這份寂靜很快地就被緊接傳來的開門聲所打破。

出現在眼前的是偶爾會跟我打招呼的同班同學，名叫金海沅。

「請問社團活動結束了嗎？」

「你今天不回家嗎？」

「我爸媽說今天會晚點來接我。我之前都沒時間來，現在剛好有空，想說沒關係的話，可以接受諮詢嗎？」

當然可以。我立即跑向研究室，向幫我打掃圖書館的彗星傳達有客人上門的消息。打掃完後，我把金海沅帶到研究室裡面，他可能是很滿意這裡，東看西看後，才小心翼翼地坐在椅子上。

「等一下，請先填寫個人資料，因為社團指南規定要留下紀錄。不過這份紀錄不會向任何人公開，所以請放心填寫，然後在這裡簽名。」

「哦，嗯。」

在諮詢單上寫下他的名字後，我放下筆，凝視著他的臉，期待他娓娓道來。

「慢慢說也行。反正沒有人催促你。」

「不，我爸媽馬上就會來……」

他似乎認為說出自己的苦惱是錯誤的，在抿了幾下嘴巴之後，才小心翼翼地、慢慢地打開了話匣子。

「……我想成為小說家，但好像做不到。因為家人不希望這樣。」

我知道是什麼情況了。雖然人能夠擁有的夢想各式各樣，但是家人所期望的職業是有限的，不外乎是穩定、收入高於平均水準的職業。

「父母希望我當醫生。我哥哥已經念了醫學系，我弟弟也夢想著進入醫大。」

「你跟父母說過不想當醫生嗎？」

「以前我曾暗示過他們說我不想當醫生。雖然完全不被當一回事。」

「那麼，你想諮詢的是如何說服父母嗎？」

「其實我很久之前就已經放棄了。但是，從那以後，每當我閉上眼睛想要入睡時，總有一種依依不捨的感覺，進入高中後也一直如此！」

聽到這句話的瞬間，我直覺到他的苦惱，就是至今為止我和彗星想要尋找的類型。他雖然有夢想，但是比起自己的夢想，選擇了現實和家人的期待，他希望自己成為小說家的夢想，給他帶來了痛苦。

「我想放棄我的夢想。」

如果不考慮未來或過去，只為了現在的他，讓他忘記夢想才是正確的選擇。海沅的故事，似乎正符合彗星的需要。
「那麼，如果你完全忘記了當作家的夢想如何呢？」
坐在旁邊的話怪眼睛一閃一閃的。這是面對美食，強忍住食慾的人的面孔。
「這是什麼意思？不可能那樣吧！」
「那個，其實是可以的。他專門學了催眠治療。如果你願意的話，他會幫你抹去那些記憶。」
金海沅絲毫沒有掩飾自己臉上的懷疑，而我也完全理解他的那種心情。
「讓我們假設一下，如果你可以忘記自己曾經有過這樣的夢想，你會做出怎樣的選擇呢？」
「催眠治療是開玩笑的吧？」
「這是半開玩笑的沒錯。只是，這麼一來，就會有今後可以忘記夢想的安慰劑的（placebo）效果。」
「如果要讓這個效果行得通，我是不是應該不知道這個事實？」
他似乎只是將這個建議當成開玩笑，輕輕地笑了笑。他的臉龐似乎暫時出現了活力，但是很快地就恢復了原來的沮喪表情。

「所以說，回家後考慮一下吧！你真的放棄小說家這個夢想也沒關係嗎？不管什麼時候來都可以，所以不要著急。」

金海沅點了點頭，回說知道了。他打開口袋裡的手機，確認過時間後，露出看起來驚慌的表情，急忙地站起來收拾書包。然後，他輕輕地說聲下次會再來，立即離開了研究室。

「所以，你怎麼想？」

「如果是現在來看的話，我覺得還是把這個故事吃掉比較好。」

這句話並沒有錯。只是，維持了好幾年的夢想，一瞬間就把它刪掉，讓人覺得心裡很不踏實。

「真的沒關係嗎？」

「反正吃不吃，不是由我們來決定，看他想怎麼做就怎麼做吧！」

真是愚問賢答。最瞭解這個苦惱，以及有權做出決定的，都是金海沅本人。

＊＊＊

「你今天比較晚出來呢！」

「對不起，我在讀書室念書，沒有注意到時間。」

「下次要注意。啊！今天你哥也說會回來。」

一聽說哥哥要回家，即便他還沒到家，就讓海沅悶得喘不過氣。海沅向來覺得每個家人就像圍繞著自己的鐵窗一樣，家人團聚並不是那麼令人高興的事。叫他除了醫生以外，什麼夢想都別做的父母親，還有理所當然地相信，並且奉行這句話的哥哥和弟弟。

「回家後考慮一下吧！你真的放棄小說家這個夢想也沒關係嗎？」

他早已接受了自己只能當醫生的事實。但是，當說出「想忘記小說家這個夢想」這句話之際，那份「放棄夢想也沒關係」的自信，就像在陽光下融化的冰一樣，瞬間消失於無形。所以他今天決定鼓起勇氣。

雖然是每週都能看到的家，但是對於海沅來說，現在這個地方宛如陌生的空間。過沒多久，隨著食物準備就緒，家人們紛紛來到餐桌前，坐在自己固定的位子上。

坐在主位的父親、坐在父親兩旁的母親和哥哥，還有與自己相對而坐的弟弟。

「海星你畢業準備得還順利吧？」

「是的。」

「海鎮喜歡新的課外輔導老師嗎？」

「是的，他教得很不錯。」

每逢星期五晚上，這樣的問答總是重複好幾次。雖然也有幾次會問到他，但是就像哥哥和弟弟一樣，除了回答「是」，或是偶爾的「不是」之外，沒有其他可回覆的話。在父親的提問洗禮結束之後，大家一片寂靜，不知不覺間，父親的飯碗裡只剩下兩勺左右的飯。

「爸爸。」

「嗯？」

只要一提到小說家這個詞，父親肯定就會生氣地離開吧！海沅認為，與其說想當小說家，不如說不想當醫生，而是想做其他事情，這樣才能平和地展開對話。

「我不想去念醫大。」

他一開口就後悔先提了這個主題，因為全身都感覺到氣氛的急劇下降。他應該要儘量先繞個彎才是。父親會生氣嗎？還是覺得不值得一提，用沉重的聲音責難他呢？但是父親接著傳來的語氣，與剛才沒有什麼不同。

「你對自己的實力要有自信，最近你看起來很累啊！」

然後，那個聲音擊垮了海沅的心。

「不是的，我不是這個意思。」

「在學校遇到什麼困難嗎？還是考試考砸了？」

「請好好聽我說，爸爸。我不想當醫生。我……」

海沅認為這是最後一次機會，所以才說出了這句話。但是那些話可能只有他感到強烈，家人們聽到他的話後，似乎認為這只是抱怨，以若無其事的表情做出了反應。

「這個時候應該是很累的時候。我也是剛進高中時，因為遇到很多優秀的同學，所以想要放棄考醫大。」

「海沅，看看哥哥。哥哥也是那麼想的，但是最終還是進了醫大。現在才剛開始而已，再加把勁用功看看，嗯？」

他的家人根本就沒想到，他會有一個醫生以外的夢想。即使說出其他的夢想，也只是為了逃避艱難的現實，而採取的迴避政策而已。就像現在一樣。

「明天我們去吃海沅喜歡的牛排吧？不管怎麼說，海沅看起來好像很累。」

「好吧，老婆，明天晚上我們在外面吃吧！」

父母並沒有等他的回應。海沅對於自己喜歡的食物真的是牛排這件事，不知是該高興還是難過。如果是養育他的父母，應該要知道他喜歡什麼才對，但是他們卻沒能發現他並不想當醫生的事實，這真是令人埋怨不已。不，其實他們並不是沒有察覺，而是不想察覺罷了。

＊＊＊

金海沅在週一的午飯時間過了一半之後才到圖書館來。我走出來迎接他，看到他的表情，我當場就停下腳步。他臉上的憂鬱神情已經變得非常濃厚，很難單純地認為只是感到無力。

「喂，發生什麼事了？你的表情……」

「到諮詢室再說。先進去吧！」

我告訴彗星說有人要來諮詢，然後走進研究室裡。還沒來得及說請坐，金海沅就癱在椅子上。

「所以，你做出了結論……」

「不管是催眠還是什麼，只要有方法都無所謂。請把我夢想成為小說家的記憶全部抹去。」

說完這句話後，他保持沉默，彷彿在我和他之間豎起一道讓人碰都不敢碰、冷冰冰

的牆。我瞥了彗星一眼，這是讓他快點吃掉海沅的故事的信號。

彗星走近金海沅，讓他抬起頭，並指著自己的眼睛。當他們兩人對視的瞬間，彗星的眼睛燃燒成紅色。我想起了跟他初次在圖書館碰面的時候，當時他的瞳孔也燃燒著和現在一樣的顏色。金海沅呆呆地望著那雙眼睛，立刻向前倒下，臉撞在桌子上。然後，彗星的瞳孔顏色好像未曾改變過似的，很快又恢復成褐色。我以為出大事了，急忙抓住金海沅的肩膀搖晃，他好像剛才從未暈倒過一樣，很快地就站了起來，讓抓住他肩膀的我，感到有些丟臉。

「沒事吧？你剛才暈倒了。」

「哦，嗯？啊！沒關係。呃，但這是哪裡？學校還有這種地方喔？」

「你來這裡做煩惱的諮詢。剛才林彗星幫你催眠。」

「催眠？這樣做可以嗎？」

「這裡，這是你上週五諮詢的內容所製作的紀錄。你看，還有你的簽名，對吧？」

我怕看到詳細內容，會讓他想起當時的情景，所以用其他的紙張，遮住了諮詢的內容，只給他看了諮詢記錄紙的樣子。

「我竟然有煩惱，我完全想不起來了，不知道會是什麼煩惱。」

「你請我們消除煩惱，看來解決得很好，現在沒事了，真是萬幸。」

現在他的臉上已經看不到任何憂鬱的神色了。但是我看著那張看起來非常開朗的臉龐，卻覺得一點都不開心。連忘記夢想都不知道的生活，真的是為他好嗎？

「那麼，結束了吧？我先走了，午飯時間快要結束了。」

我看了看錶，午飯時間只剩十分鐘了，圖書館員該做的事情都還沒做呢！我為了處理事情，急忙坐在圖書館員的座位上謄寫文件，不知內情的彗星則在旁邊喃喃自語。

「不要太擔心。」

「你看到這麼多要處理的文件，居然還說出這樣的話？」

「我不是指文件，而是金海沅的問題。事實上，類似的情況，我見過幾次。」

我在紙上亂畫的筆停了下來。類似的情況？

「我吃的是個故事。他開始夢想成為小說家，為了夢想而努力，最終放棄夢想，但實在無法忍受，所以來到了諮詢室。」

「我也知道，但是你為什麼突然這麼說？」

「我不是吃掉他全部的記憶。所以並不是說吃掉那些記憶，就會讓他突然寫不好文章，或者討厭寫文章。」

也就是說，金海沅只是忘記了自己的夢想是小說家，並沒有失去自己的素質和才能。只要那些特質還在，一旦有機會，他很快就會找回原來的夢想。這才是彗星想說的話吧！

「雖然不知道這是好是壞，但是如果到了無法放棄夢想而感到痛苦的程度，他很快就會重新夢想成為小說家的。」

最後那句話讓我感到一種不知緣由的安心感。難道是因為我看起來很憂鬱，所以彗星才安慰我的嗎？彗星在剩餘的午休時間裡，一直幫我一起做事。如果是在不知道他是怪物的情況下見面的話，我甚至會認為他是個很好的朋友，是個親切、有禮貌的人。如果照此發展下去，會不會意外地度過平靜的日常生活呢？

是啊！我當時不該胡思亂想。

3 突然出現的成員

她看起來有點傻乎乎的，但出乎意料的是，對煩惱諮詢社有很大的幫助。

煩惱諮詢社漸漸變得熱鬧起來。金海沅說煩惱諮詢社徹底解決了他的苦惱，口耳相傳也是原因之一。我以為今天也是那麼平凡又忙碌的一天。在打開圖書館那個不牢靠的大門的剎那，我在門前突然感到一陣心煩意亂。

「請問煩惱諮詢社在哪裡？」

問話的人是隔壁班的尹素媛。她在入學之前，被盛傳是巫師的女兒而聲名大噪。她兩手拿著乍看就是很可怕的符咒，朝向這裡走來。

「喔，我就是社長。」

在不祥的預感掠過的瞬間，她拿著的符咒從我耳邊呼嘯而過，走向彗星所在的位置。

「那他就是你們的社員吧？」

……難道妳知道林彗星不是人嗎？

「後面的那位。你是誰？」

「呃，嗯，我？」

在彗星旁邊的牆壁上，貼著尹素媛放的符咒。

「尹素媛，我不知道妳這麼做是為了什麼，但這裡是圖書館，別胡鬧了。先和林彗星進來研究室談談吧！」

尹素媛把符咒放進外套口袋裡，乖乖地走進了研究室。當然，她一直用殺氣騰騰的眼神盯著林彗星看。

「所以，妳找林彗星有什麼事？」

「妳馬上離他遠一點。他不是人，是危險的怪物！」

「知道了，冷靜點。先坐下。」

「什麼啊？難道妳不相信我嗎？我的感覺很明確。他必須馬上被消滅才行。」

不，我知道妳的直覺很準，所以拜託妳一定要冷靜下來。如果我裝作不知道抵賴到底的話，她會不會自動離開呢？

「誰讓妳隨便說消滅就消滅啊！把符咒拿到別人面前，妳不覺得很沒禮貌嗎？」

我話還沒說完，尹素媛就用奇怪的眼神輪流地打量著彗星和我。接著，她用圓滾滾的眼睛看著我，好像覺得很無語，然後呵呵地吐出了一口氣說道：

「原來妳知道他是怪物？」

剛才還向著彗星的殺氣騰騰的眼神轉向了我。於是彗星先跟她搭話。

「是啊！所以妳是來驅逐我的？」

「什麼，本人倒是乖乖地承認了啊！所以是要死到我手裡嗎？」

「嗯，給妳機會。來，這裡，盡情貼吧！」

他為什麼要這樣呀？一直氣勢洶洶的尹素媛也感到驚慌失措，這真是令人震驚的發言。尹素媛一次性地將看似凶險的三至四張符咒，貼在了林彗星的手上。

但是不知怎的，貼完之後，他手上也沒有發生任何事情。

「什麼？什麼呀！明明不是人類，為什麼符咒沒用……」

「因為我不是會被連巫師都稱不上的菜鳥江湖術士收服的軟弱怪物。」

彗星用另一隻手撕開自己手上的符咒，扔向地面。尹素媛望著被扔掉的符咒，表情

煩惱
諮詢社

真的很精彩。

「還沒有接受降神儀式嗎？看起來也沒有成為巫師的體質，也不是很適合驅魔，為什麼要這麼做呢？」

聽到這番嘲諷的話，尹素媛渾身氣呼呼地撲向了林彗星。彗星輕輕轉身避開跑來的尹素媛，抓住她握著符咒的雙手。

「快點放棄吧！感覺不可能會成功。」

「話怪你這傢伙，怕別人不知道你們是靠吃故事維生，所以才這樣捉弄人。」

在尹素媛口中提到「話怪」一詞的瞬間，原本遊刃有餘的彗星，表情變得冰冷。

「妳怎麼知道我是話怪？」

「你覺得當初我怎麼知道你是怪物呢？因為聽說有個同學的煩惱解決不了，後來就直接忘記了煩惱，所以一下子就想到是話怪了。可惜的是，我的實力還沒到憑感覺就能找到怪物的地步。」

剛才不是說憑感覺嗎？彗星露出有別於平時的溫和微笑，以完全相反的嘴角，露出扭曲的笑容，放開了她的手腕。

「我取消妳不具備驅魔師資格的話。即便是有名的驅魔師，最終也沒能認出我是什麼怪物。」
「聽到來自怪物的稱讚，我一點也不開心。」
「那真是可惜。連像話怪一樣鮮為人知的怪物都知道，看來妳很用功啊？」
尹素媛不知道是不是無話可說，嘆了口氣，把角落的椅子拉過來，癱坐在上面。然後盯著彗星看了許久，用比剛才柔和的眼神看著我，對剛才含糊其辭的胡鬧表達了歉意。
「妳說過妳是社長吧？失禮了。對不起，打擾妳了。」
「妳能明白真是萬幸。所以，現在可以出去了嗎？」
「那個，我能不能加入煩惱諮詢社呢？」
妳說什麼？
「不管怎麼說，應該會需要一個監視怪物的角色吧？我不會告訴任何人他是怪物，這樣就可以了吧？雖然我不知道你們是以什麼想法成立了煩惱諮詢社，但是萬一怪物做出逾矩的舉動，我就會出面阻止。」
我看著彗星，想說他應該不會甘願吧？不過出乎意料的是，他面露微笑，似乎覺得這個點子還不錯。

「世月啊！讓她做所有雜事就行了。當打雜的正合適呢！是吧？」

他對討厭的人真是毫不留情啊！

「那麼，妳這是答應了吧？」

「先不說許可與否，妳為什麼要加入煩惱諮詢社呢？不是還有很多其他不錯的社團嗎？」

話說回來，是因為她在學期初就以巫師聞名，周圍都沒有人敢靠近，所以才沒能進入其他社團嗎？

「既然知道我們學校有怪物，我就不能袖手旁觀。」

哎呀，因為沒有能進去的社團，所以還在找啊！好吧，那就進來吧！

「好吧！那麼我會把妳的名字也寫進社員名單裡。」

「謝謝。還有，雖然不知道為何像妳這樣親切的人會和那種怪物混在一起，但是以後我會徹底保護妳的。」

在保護我之前，最好先保護妳自己吧！

「林彗星，以後不能再和尹素媛吵架了。」

「是她先來招惹我的吧！」

「也不要挑釁。」

當然，彗星是怪物，雖然我沒想過他會很溫順，但是現在看到他真正生氣的模樣，讓我原本被推到一個角落的不安感再次上升。

「但是，說實話，我對諮詢沒有信心。」

「反正也沒想說要讓妳做，諮詢一般都是由我來做，以後妳會負責整理研究室和諮商紀錄，這個程度還可以吧？」

我每說完一句話，尹素媛都會回說「嗯，當然啦」，表達了她的肯定態度。

「那以後就拜託了，我什麼時候要來圖書館呢？」

「我們社團活動時間是午飯和晚飯時段，妳快點吃完飯來圖書館就行了。」

「啊！那個我有信心！我沒有什麼朋友，飯很快就吃完了。」

這句話不要說得那麼開朗啊！不知怎的我突然很想流淚。雖然當時不太喜歡這個決定，但是現在回想起來，讓她加入社團是個好選擇。她看起來有點傻乎乎的，但出乎意料的是，對煩惱諮詢社有很大的幫助。

當然，我意識到這點是有點久以後的事情。

4 單戀本來就是很辛苦的

單戀不能實現，
並不代表沒有價值……

剛上高中的孩子們的煩惱大致分為幾種：學業問題、朋友關係、更進階的前途問題，但是其中最多的果然還是戀愛問題。然而，如果隨意向朋友透露自己喜歡誰，難免會感到負擔。可能是因為這個原因，也有不少學生帶著與戀愛相關的苦惱來諮詢。

「雖然愛情故事真的讓人很嚮往，但顧名思義就是鏡花水月。」

「鏡花水月？」

「通常故事的味道取決於個人在故事中的感受。人類也不會在愛情以外的事情上表達出那麼多樣的感情。」

如果真的是這樣的話，他要是吃了我的記憶，應該不會覺得有什麼好吃的吧！假如有人為了抹去有關愛情的記憶而找上門來，感覺會亂成一團。

「社長，客人來了。」

「為什麼叫我社長啊？然後客人這個稱呼又是什麼？叫名字就好。」

素媛對怪物彗星那麼凶悍，但是對我除了剛開始瞪過我之外，之後簡直對我過於尊敬。來到這裡的客人，不，學生用迷迷糊糊的眼神輪番打量著素媛和我，小心翼翼地跟我搭話。

「這裡是煩惱諮詢社吧？我是因為有煩惱才來的。」

我還沒來得及伸手到放綠茶茶包的地方，素媛就趕緊拿起茶壺和紙杯，準備泡茶。客人，不，我面前的這孩子好像覺得忙碌的素媛很神奇，看了她一眼，過沒多久就開口了。

「我有喜歡的人，但是對周圍的人說有點不好意思，所以來這裡諮詢。」

她的名字叫劉海藍。她的煩惱是暗戀同班同學。她說，她喜歡的男孩很少和別人一起上學，但不僅功課好，運動也很擅長，在班上很受歡迎。等等，她喜歡的人不會是林彗星吧！

「嗯，我是怕萬一才問的，不是我們社團的人吧？」

「啊！不是林彗星。如果真是這樣，我就不會在這裡說了。」真是萬幸。據她說，對方好像還沒有女朋友。從她不提及男孩的名字來看，似乎沒有想說出自己喜歡誰的想法。

「我喜歡他，但我知道我不會被他看上，所以想放棄。可是是聽到他沒有女朋友這件事，就一直有奇怪的期待，懷疑自己是不是也可能有機會……」

大致來看，她的自尊心已經處於相當低下的狀態。

素媛在旁邊遞上剛煮好的綠茶，中途也提供了一些意見。

「唉，什麼奇怪的期待啊！又沒有守門員，會這麼想也是當然的。」

「因為沒有守門員並不代表我有進球的實力啊！」

「那種事情本來就是在嘗試之前不會知道結果的。」

「尹素媛的話也有道理。妳經常跟那個男孩說話嗎？」

「因為他的座位就在我旁邊，所以我們經常聊天。雖然不知道能不能算是朋友的關係。」

坐在旁邊經常聊天，甚至男孩也沒有女朋友。

「從聽到的內容來看，我覺得是有可能性的，妳再有自信一點應該會更好？」

「我的朋友向他告白後被甩了，但是他拒絕的時候是說對談戀愛不感興趣。我不知道以後該怎麼辦……如果沒有希望的話，我想諮詢一下該怎麼放棄。」

研究室之外，能感受到某人的目光。彗星說愛情故事非常好吃，如果她想抹去喜歡他的記憶，對林彗星來說是相當幸運的。

「但是，還是先往好處想吧！他目前沒有什麼造成和妳發展不順利的理由吧？現在沒剩多少時間了，今天的諮詢就到此為止吧！對不起沒能好好給妳建議。」

「沒關係，我覺得有很多幫助。那麼，我下次再來。」

從研究室出來後，我立即與望著這一邊的彗星相對而視。看著無意中感受到的視線，我彷彿知道他是多麼想要吃這個故事。

「諮詢結束了嗎？」

「嗯，因為時間不夠，所以沒能提供充分的諮詢。她應該之後還會再來。」

「那麼，下一次諮詢能不能讓我來負責啊？」

「你應該不是因為想吃那個故事，所以想要什麼花招的吧？」

「說實話，我也不是完全沒有這種想法，但我不會的。我只是覺得應該知道她喜歡的男生是誰，因為和我同班。」

話說回來，原來我忘記問他是哪一班的，如果要寫個人資料，就應該問的。

「如果是坐她旁邊的應該是池世鎮。我沒有故意要偷聽，但是根據稍微傳到外面來的內容，應該是他沒錯。」

「從外面聽到的？難道要準備隔音牆嗎？話說回來，你和他很熟嗎？」

「是講過滿多次話的。」

「聽說他也沒有好朋友，你知道為什麼嗎？」

「只是沒有好朋友而已，他和班上的同學都相處得很好。他說因為自己學習欲望強，在念書方面花費比較多時間，所以沒有時間玩。」

學習欲望強烈代表沒有時間去關心其他事情。這樣的孩子感覺不會以輕鬆的心態去談戀愛呢！怎麼越來越沒希望了。

「我去試探一下池世鎮的心。下次的諮詢就由我來負責吧！嗯？」

「如果劉海藍說沒關係的話，我會允許你旁觀。但也要她說沒關係才行。」

「嗯，這樣我可以接受。我等等下課時間試探一下池世鎮，再告訴大家結果，知道了吧？」

彗星也活了很長一段時間了，普通的事情應該都能辦好，但是對於他會不會太直言不諱的這份不安感一直沒有消失。話說回來，他說是等一下的下課時間，正好彗星的班級就在我們班隔壁，搞不好可以偷偷觀看現場的情況？

第五節課剛結束，我就拿著抹布偷偷溜出教室，假裝在走廊擦著旁邊的窗框。一下課，就馬上傳來了隔壁班的學生們鬧哄哄的談話聲。過沒多久，我就分辨出了正在和某人說話的彗星的聲音。

「那部分是陷阱，其實用這個方式更容易解開……」

「啊！我沒看到這個。謝謝你告訴我。我因為一直想不通，所以煩惱了一陣子。」

一邊告訴對方不清楚的問題一邊接近，真不愧是全校第一名的方法。

「你隔壁的同學數學也不錯吧？難道不太熟嗎？」

「不，我們關係還不錯，還經常聊天。我本來也想問問她的，但是一打下課鐘她就馬上消失了。」

「異性之間關係那麼熟的情況不是很少見嗎？以我而言，跟我隔壁同學的關係就有些彆扭呢！」

「關係好跟不好，沒有必要區分男女吧！只要聊得來就行了。」

關係不錯這件事本身就代表著可以有所進展的好徵兆。但也不是說接下來就無條件樂觀。上課鈴敲響之前，我生怕被彗星發現，頭也不回地匆忙回到了自己班上。我真心希望彗星能夠在不被對方發現的情況下，順利地瞭解他的想法。

＊＊＊

「沒有可能性。」

「你一定要這樣說嗎？」

據彗星所說，池世鎮說劉海藍只是朋友，這部分是我也聽到的內容。如果有什麼問題的話，就是沒有其他想法，只是把她當成好朋友。

「不是說關係很好嗎？這樣應該算很有可能性吧？」

「把對方當成朋友和感受到戀愛的情感是兩回事。從親密的關係過渡到戀人是很容易的。但是已經定義為『朋友』？那就很難了。嗯，雖然也可能因為我和他不太熟，所以他為了敷衍我才那麼說的。但若是這樣，他完全沒有露出什麼驚慌的表情。」

「如果劉海藍那方先表現出來，說不定會有可能性。從一開始就互相有好感的情況，很難出現在現實中吧？」

「她沒有表現出來，而且以後也不會。她自己都說沒有可能性了，那麼這兩個人還有辦法順利發展嗎？」

「這不是說服劉海藍就能解決的問題嗎？」

他的話雖然沒錯，但我說的也沒錯。

如果先向劉海藍建議說，對方有可能會對她產生好感，她可能就會鼓起勇氣。彗星對這句話簡短地表示了肯定，沒有想要特別反駁。

「話說回來，我還以為今天晚上劉海藍會來，為什麼沒有來……」

話音未落，傳來了圖書館的門打開時發出的磨擦聲。我正想著說曹操曹操就到，所以朝那邊轉頭，卻因為完全沒有預想到的客人登場而當場愣住了。

「嗯，是我挑了你們在忙的時間嗎？現在可以諮詢吧？」

當掛在校服外套上的名牌映入眼簾時，我無法判斷到底該如何接受這種情況。現在站在我們面前的這個男孩，就是直到剛才為止，我們熱烈地討論的池世鎮本人。

「當然啦！先進研究室吧！這裡是諮詢室。」

因為彗星曾經有在外面聽到諮詢內容的前科，所以我在進入研究室之前，小聲地囑咐他千萬不要偷聽。

「沒辦法，我的感覺神經比人類好很多，自然就會聽到。我不是故意要偷聽的。」

「但還是努力一下，知道了吧？」

我趕緊關上研究室的門，請池世鎮坐在前面的椅子上，然後拿出了記錄用的紙。

「所以你有什麼煩惱呢？」

「我有喜歡的人，但因為沒有可能性，所以正在考慮要不要放棄。」

在聽到這句話不到幾秒鐘的時間裡，我腦海中正在寫一部以劉海藍和池世鎮為主角的浪漫小說。難道池世鎮喜歡的人是劉海藍嗎？

「你和喜歡的女生熟嗎？」

「經常聊天。當然，也不是這樣就說有可能性。」

「你也不知道她對你有沒有興趣啊！你認為沒有可能性的理由是什麼？」

「我以前問過，問她對戀愛有沒有興趣。她說自己畢業之前絕對不會談戀愛。」

池世鎮直截了當地對劉海藍提出了這樣的問題，而劉海藍居然做出了那種反應？

「可以問問女孩是怎麼樣的人嗎？」

「我們是在同一個社團認識的。從第一次見面開始就很聊得來，很快就變熟了。」

雖然想過池世鎮可能對戀愛不感興趣，但沒想到他會有真正喜歡的人。也許這才是應該最先要考慮的可能性。

「即使一開始對戀愛不感興趣，但是如果你對她表現出好感，可能也會有所改變吧？本來就很少同時會互有好感，某一方先表示好感，才是一切的開始。」

我的內心為劉海藍焦急萬分，但嘴裡卻一句句地向池世鎮提出建議。這本來是要對劉海藍說的話，結果卻心口不一。有一種尷尬和彆扭的感覺，到了讓人感到內疚的程度。

「其實我聽到她的回答後，覺得很沮喪。所以不僅不能表現出來，連先開口都變得困難。但是在聽完妳的話之後，稍微產生一些勇氣了。」

如果我在諮詢劉海藍時聽到同樣的回答，會有什麼樣的心情呢？對於有可能的單戀，以及知道沒有結果的單戀，進行同樣的諮詢，是正確的嗎？

「能幫上忙真是太好了呢！在這裡簽名之後，就可以離開了。這份紀錄不會向任何人公開，所以請放心。」

他表情比剛才輕鬆了許多，並微微低頭表示感謝。看到那個表情的我，心情卻與他相反，反而越來越沉重。本以為正在從海中慢慢浮出水面，但是突然襲來的浪花，卻把人硬是擊回了海底。

「妳的表情看起來很差呢！」

雖然不知道彗星是什麼時候來的，但是他不知不覺地坐在我旁邊，直視著我用力抓著頭髮的臉龐。

「對不起，我其實聽到了。為了不要聽到，我甚至站在圖書館的角落裡，但還是能聽到。」

我想不出到底該對劉海藍說什麼話，輕輕地向右轉頭看向彗星，他滿臉愁容，小心翼翼地撩起我不知不覺間散落下來的頭髮。那一瞬間，我開始懷疑他是否真的擔心我。明明活了那麼長時間，而且還被人排斥，難道彗星真的會擔心人嗎？

「妳在想什麼？」

「我在想我似乎不太瞭解你。」

「在全校的學生中，妳應該是最瞭解我的人了。」

話是沒錯，但不知怎的被模糊了焦點，於是我噗嗤笑出了一聲，並嘆了口氣。

「好像第一次看到妳笑的樣子。」

「確定嗎？」

「也有可能不是。但是，妳平時確實沒有表情變化。」

「在你看來也是那樣嗎？」

那是完全沒有包含喜悅，只是無語而無意識做出的反應。但是他卻說那是笑容，抓住了我的話柄。

「如果光看妳諮詢的樣子，會覺得像是真正的專家。」

「我付出了很多努力。」

即使沒有同感，也可以提供諮詢。這孩子是什麼心情、為什麼會這樣、所以需要什麼，這些就足夠了。因為能夠解決煩惱的不是安慰，而是解決方案。

「要調查一下他喜歡的人是誰嗎？」

「別管了，再繼續深入下去會很混亂。嗯！還是該讓劉海藍放棄吧！」

「聽了妳的話之後，我思考了一下。」

他為了配合我的視線高度，趴在桌上看了我一眼。

「或許不要刪除她的記憶會更好。」

本以為他會因為想吃而著急，但是當我想要放棄時，他反而建議不要放棄的樣子，讓我感到很驚慌。

「單憑這些還不知道有沒有可能性。池世鎮的單戀可能很快會結束，而且誰知道他的單戀對象，有沒有喜歡的人呢？」

「剛開始不是說沒有可能性嗎？為什麼會有這種想法？」

「剛才聽完妳的話後，我覺得不是完全沒有可能性。」

彗星目不轉睛地看著我的眼睛，我甚至都要覺得害羞了。

「聽完妳的諮詢後，我的想法就更加堅定了。」

我不想把這句話當作是謊話。就像回應那個眼神一樣，我緊盯著他的眼睛，對他說出了根本不像是我會提出的請求。

「劉海藍的諮詢，就讓你來吧？如果劉海藍說沒關係的話。」

「我沒想到妳會先說那樣的話。」

在想說「我也沒想到」的剎那，不知從哪裡感覺到了微妙的視線，於是我把頭轉向了門口。那裡站著雙手拿著陌生符咒瞄準這邊的素媛。

「你這個怪物……」

「我什麼都沒做。」

「別說謊了！你剛才不是在勾引世月嗎！」

勾引？啊！看起來有可能是那樣，幫忙把頭髮撩起來，為了對視而低下頭。雖然我並沒有那麼覺得。

「我勾引妳了嗎？」

「我覺得在別人看來是有可能的。」

「那我得小心點了。嗯！是我的錯，我向妳道歉。」

如果除了我們以外，其他人做這種行為，也許就是勾引。但是我已經看過了他的紅眼睛。即使他是人，我原本就不會喜歡上任何人。幸運的是，多虧了彗星的道歉，素媛很快就冷靜下來了。

晚飯時間快結束時，我們等待的人來到了圖書館。我問劉海藍，林彗星能否代替我負責諮詢。雖然海藍同意了，但她表示要以前諮詢過的我在場，才能安心，所以把我的旁觀當成附加條件。

「妳的煩惱是要不要放棄單戀？」

在諮詢過程中，彗星向劉海藍說的話，跟我對池世鎮說的話沒有什麼不同。可是最後，他提出了一個和我講過的完全不同的建議。

「我們無法判斷妳的單戀能否實現，妳也清楚吧？」

「嗯。」

「這部分需要判斷的人是妳。直接和他互動之後再判斷吧！這在瞭解是否有可能性上，也是有充分的價值。」

如果說以前的建議是著眼於「會實現」的希望，那麼現在則把焦點放在劉海藍的單戀本身。

「雖然這句話可能會冒犯到妳，但單戀不能實現，並不代表沒有價值。」

這句建議是把愛情故事描述為「好吃」的他，才能說出來的話。

「多虧了你，我好像產生了勇氣。」

「如果是那樣的話，就太好了。」

我將劉海藍以更加清爽的表情，在諮詢表上簽名的樣子，和剛才池世鎮的樣子重疊在一起。

「我原本覺得自己已經知道很多東西了。」

但是，真正成功結束諮詢的彗星臉上，卻與之前微妙的悠閒不同，充滿了憂鬱感。

「不是單純地吃故事，像這樣作為人並與人接觸，才知道這是多麼狹隘的想法。」

「你不是說和人們相處得很好嗎？」

「我通常都會選擇與人接觸較少的職業，因為如果與人相處得太近，反而很難生活下去。」

原來彗星過著比想像中複雜的生活啊！我以為他一直都像現在這樣，偷偷地融入到人群之間，一邊吃著故事，一邊生活著。

「你好難瞭解。」

「妳是第一個說出這種話的人。」

雖然對於貪圖吃故事的彗星而言，沒有獲得任何實際收穫。但看到儘管如此還笑著的他，我在想他應該不是一個只執著於吃故事的人，不，怪物。

5 什麼都不順利的故事①

雖然互相分享了沒有包含任何日常生活的話，但是兩人從某個瞬間開始，成為了最瞭解彼此的人。

當幾乎沒有人再來煩惱諮詢社接受諮詢的時候，我確實感受到了期中考時間終於來臨了。我們為了準備考試決定休息一段時間。沒有社團活動，只有念書的時間比平時過得更快。雖然沒有社團活動，但是我為了詢問功課上不懂的問題，經常會去找彗星。

期中考的時間比想像中過得還要快。好像才一眨眼的功夫，考試就告一段落，成績單也公布了，果然唯獨我最沒有自信的數學，成績慘不忍睹。

「世月，妳考得很好吧？數學科我教妳的那題有考出來，而且分數占比很高呢！」

那題我寫錯了呢！想到每當提問時，都會很親切地教我的他，實在沒有勇氣把成績告訴他。

「普普通通吧！素媛妳呢？」

「其他的都還好，但綜合科學是第二十名。我媽說如果我沒有所有科目都考到前十名以內的話，就要我做好心理準備。」

等一下，難道我們三人之中，我的學習成績是最差的嗎？

「妳突然變得鬱悶了呢！」

「這才第一次考試而已。現在就一蹶不振為時過早。妳是成績有多不好才這樣？」

彗星當然是全校第一，當我知道連素媛都考得不錯後，更不好意思給大家看成績單了。我懷著自暴自棄的心情，拿出成績單給他們看之後，他們兩人看了一會兒，然後各自說了一句話。

「這種程度應該算不錯了吧？啊！但是數學成績的確有點那個。」

「不用太擔心，剩下的都是平均以上啊！」

「你們準確地戳到了我的痛處，謝謝大家……」

當我覺得應該休息一會兒，所以想坐在椅子上的瞬間，透過窗戶傳來了某人發出的怪聲，可能是男生的尖叫聲。

「什麼呀?!」

「不是後院那邊嗎？應該是人們不常去的地方。」

「對啊，是有老鼠嗎？但就算是那樣，反應也過於強烈了。」

過沒多久，救護車的聲音，響徹了整個學校。在圖書館的學生們也跑出去確認情況，身為圖書管理員無法離開的我，拜託彗星和素媛去打聽一下是什麼情況。不久後，素媛跌跌撞撞地走了進來，面帶茫然的表情，反覆做出作嘔的樣子，緊隨其後的彗星表情也不是很好。

「在後院發現了試圖自殺的學生。幸虧是在有呼吸的狀態下被發現，所以我們就先回來了。」

竟然在期中考結束後企圖自殺？理由是成績不理想嗎？那麼，剛才傳來的哀號聲，是發現試圖自殺的學生後的尖叫聲啊！雖然重點是企圖自殺的學生，但對於發現那場面的學生的衝擊，應該也不小。不，仔細一想，不應該只是擔心那個學生。國中時期讀過的《少年維特的煩惱》一書的注解部分，曾提及當時該書出版後，青少年自殺大幅增加的內容。若對對方產生共鳴，代表對方的感情會傳染給當事人。維特對無法實現的愛情感到悲觀，進而選擇了自殺，而很多對維特投入感情的年輕人，也跟著他走了。

正值青春期的十多歲孩子們，親眼或間接目睹了二十四小時一起生活的其中一名學生試圖自殺。雖然「維特效應」是非常罕見的事情，應該不會發生其他自殺事件，但是肯定會給學生們帶來相當大的悒鬱感。

「尹素媛看起來有點不舒服呢！」

「她比較敏感，但是你看起來也不太正常。」

「我感到很惋惜，但我可是經歷過戰爭的。而且那個學生也不是真的死了，如果因為這樣的事情悲喜交加的話，我是活不到現在的。」

也是，仔細一想，無論是我還是素媛死了，感覺他都會認為沒什麼大不了的。這段期間彗星看過了多少死亡，我無法想像。或者他可能像我一樣，從一出生就有些地方出了問題。

據說，試圖自殺的女學生，朋友並不多，平時大部分時間也都是獨處居多。傳聞越來越多，在她從醫院回來之前，傳聞已經擴散到了無法控制的地步。

從那天之後過了一個星期。今晚，我們在圖書館見到了繼那名女學生之後，經常被眾人議論的學生。

「我有想諮詢的事，所以來了。」

權多景。既是最初發現試圖自殺的那名女學生的人，也是在她斷氣之前，找到她的救命恩人。看到權多景的那一刻，我們馬上就知道他為什麼前來。他看起來有口難言，好一段時間都沒能看著我的臉。

「如同大家所知，我……」

如同大家所知。沒想到有一天，這個句了會讓人感到如此憂鬱。他嚥下多次幾乎乾掉的口水，在摳了每一個指甲之後，才說出難以訴說的煩惱。

「……我目擊了一個學生試圖自殺的場面。」

「……應該很難受吧！」

「無法單用難受來形容。每當睡著的時候，那個場面總是浮現在眼前。雖然幸好那時候去後院救了小星……」

「小星？你和那個學生本來就認識嗎？」

「要說認識，的確是認識的關係。」

認識就認識，是有什麼隱情，才用這樣模稜兩可的方式表達出來。話說回來，親眼目睹熟人試圖自殺的現場，應該是非常難受的事情，真的只在這裡諮詢就可以了嗎？

「你要是光諮詢一次好像不夠，有沒有要好好接受心理治療的想法？」

「……因為我也不想讓父母擔心，害怕一旦傳出接受心理治療的傳聞，周圍就會再次變得嘈雜起來。」

「那個……如果能抹去目擊的記憶，你會想那樣做嗎？」

他聽了我的話，嚇了一跳，反問是否真的有可能。我輕輕地嘆了口氣，為了不要讓某人偶然聽到，很小聲回答。

「雖然這是商業機密，但是有辦法刪除記憶。首先這件事光是諮詢一次好像不夠，所以一有時間就來，知道了吧？」

他猶豫了一下，安靜地說了聲謝謝，然後迅速離開了。彗星的耳朵肯定能聽到所有諮詢內容吧！他應該也看出來了。這次的事件，吃掉他的記憶才是為了他好，但是彗星的反應卻出乎我的意料。

「這次的情況很難不分青紅皂白地吃下去。」

「為什麼？」

「妳記得當我吃海沅的故事時，他失去了所有關於他夢想成為小說家的一切記憶吧？我吃的東西必須是一個故事。雖然夢想成為小說家，但因為種種原因最終放棄了，以這種方式才行。但是權多景想要抹去的，只有目擊現場的記憶吧？」

「等等，那是不能吃的意思嗎？」

「如果是不認識的人，這本身就是一個小故事，所以是有可能的。但是如果他從以前開始就認識這名女學生的話，從第一次見到女學生到這次的事件，就是一個故事。」

這句話的意思是，如果想抹去這段記憶，就要吃掉權多景和徐星一起度過的所有時間。如果吃掉全部的記憶，權多景就會完全忘記徐星，但也不會想起目擊現場的記憶。

「所以，首先要瞭解的是，徐星是不是可以從權多景的腦海中抹去的存在。」

＊＊＊

有別於如果諮詢中途中斷的話，下節課馬上就會回來的其他人，幾天過後，權多景也沒有要再來圖書館的跡象。我們擔心他是否跟那名女學生一樣，產生了極端的想法，於是焦急地打聽周圍的傳聞，所幸沒有聽到這樣的消息。

確切來說，權多景是在一週之後才再回來諮詢的，他一到達研究室就說出的話，一下子就讓人理解了現在的他是多麼迫切地想要刪除記憶。

「妳說過可以幫忙刪掉記憶吧？」
他用哀切的目光抓住了我，好像那是他唯一的希望。
「可以。但是有條件。」
我告訴他，如果想忘記那段記憶，就要拋棄所有關於徐星的記憶。而在我說話的過程中，他眼中的迫切感，變成了絕望。
徐星對權多景來說，是怎樣的存在呢？是要忘記她，還是要感到痛苦？即使是為了做出選擇，或是為了決定這件事，也要找到答案。
「徐星和你是什麼關係？」
權多景暫時靜了下來，似乎在回憶什麼，他將視線朝下，小心翼翼地開了口。
「我第一次見到她的地方，是宿舍後面的停車場。」

＊＊＊

權多景因為個性和藹可親，很快就交到了許多朋友，但是他本人卻對這種人際關係感到非常疲憊。他喜歡一個人溜出去看書，而不是和朋友一起玩。入學後，他連續幾天在校內尋找可以完全獨處的地方。其中一個場所是宿舍後面的停車場。找到這個場所的第二天，權多景為了安靜地度過午餐時間，偷偷地去了停車場。但出乎他意料之外，那裡已經有人堂而皇之地占據了他的位置。這位占據了他好不容易找到的場所的不速之客，就是徐星。

「嗯，妳一個人在這裡幹什麼？」

「因為今天的午飯不怎麼樣，所以我在這裡休息。」

「妳打算一直待在這裡嗎？」

「怎麼，難道你租下這裡了嗎？」

他對於徐星的第一印象是非常差的。因為她擺出一副自己已經先來了，讓權多景去找其他地方的態度，而且在權多景離開之前一直盯著他。

權多景找到的第二個空間，是在行政大樓和宿舍通道附近的長椅。如果是可以自由移動到宿舍的晚飯時間可能不行，但是在午飯時間幾乎沒有學生會來到這裡。第二天，權多景吃完飯直接走向了長椅。坐在長椅上悠閒地翻開書的剎那，在遠處看到了好像在哪裡看過的臉龐。她分明就是那位停車場的不速之客。

「什麼啊！你為什麼在這裡？」

「以防萬一說一下，我是不會讓位的，畢竟這裡不是妳租下的，對吧？」

當權多景把徐星說過的話原封不動地奉還給她時，徐星像是語塞似的，輕輕地嘆了口氣，好像是不想再多看一樣，很快也就消失了。權多景直覺到，這裡也不適合獨處。但是去上次去過的地方，如果再和徐星相遇，似乎會再次出現尷尬的情況。

（還要尋找新的場所嗎？）

但是，下次，還有下次，兩人繼續在偏僻的地方相遇。只要稍微晚一點吃飯，徐星就已經占據了某個場所；只要今天覺得只有自己，徐星馬上就會出現。在反覆一週左右之後，徐星看到已經到達的權多景時，不僅沒有回去，反而坐在他的旁邊。

「還是一起在這裡休息吧！現在連到處找地方都累了。」

權多景雖然一個人更舒服，但並不是說在徐星身邊很累。她對他什麼話也沒有說，只是靜靜地坐著向前看。

從那天以後，兩人每次偶然相遇時，都會在同一個地方單獨休息。但在學校內相遇時，兩人卻互相無視對方。這種關係很難被定義為不認識的人或認識的人。第一次見面後過了幾週，徐星第一次和權多景搭話。

「你現在讀的是小說嗎？」

原本只是場所相同，不會介入彼此領域的默契，瞬間被徐星打破了。她小心翼翼地問權多景有沒有別的書，他遞給她原本當晚要讀的書。由於書本很厚，午飯時間結束時，徐星連一半都沒讀完。權多景欣然地把書借給了徐星，兩人為了歸還書籍，首次確定了下次見面的時間和地點。

就這樣，權多景養成了每天拿兩本書的習慣。徐星每次借書及看書，第二天就會歸還。徐星每次看完書時，都會留下簡短的感想，權多景也驚訝地注意到了她和自己有著相似的想法。第一次見面時不怎麼笑的她，讀完特別有趣的書後，臉上會帶著燦爛的笑容，並講述自己的感想。

「這本書讀完結局後，再次看到了之前的劇情發展。特別是初期的伏筆。」

「那位作家把日常要素寫成副線，第一次讀的時候很難察覺。如果喜歡的話，需要推薦其他書給妳嗎？」

他們之間的對話並不長。就連那麼短的時間裡，通常都是用書的故事來填滿的。雖然互相分享了沒有包含任何日常生活的話，但是兩人從某個瞬間開始，成為了最瞭解彼此的人。至少權多景是這樣想的。

逼近期中考的時候，從某一天開始，徐星突然沒有出現。權多景想要獨處，於是物色了一個偏僻的地方，不知不覺間，為了尋找徐星，他到處尋找她可能在的地方。考試

結束的下一週，約兩週的時間就見到了徐星。他找到她的地方在後院。她平時喜歡坐在後院的草地上曬太陽，這樣的她那天一隻手腕被血染濕，倒在草地上。在那一瞬間，連權多景本人也第一次聽到自己衝破了喉嚨的尖叫聲。

＊＊＊

這就是權多景所知道的徐星。喜歡一個人待著，雖然有些無禮，但可能喜歡和他對話的女孩。

「我想忘記徐星最後的模樣，但並不是想忘記她本身。」

「但是，如果想忘記最後的樣子，就要做好忘記和她一起度過的時光的心理準備。」

權多景以沉默予以肯定。他現在不得不把自己的日常生活和她放在天平上。

「你很珍惜徐星，對吧？」

他閉著嘴只點了點頭。

「那麼，即使不抹去記憶，你也會在徐星回來的時候，笑著迎接她嗎？」

珍惜徐星是權多景本人承認的，誰也不能否認。但是，珍惜並不代表這種關係在任何情況下都是有益的。

「你有信心好好對待造成你心理創傷的罪魁禍首的她嗎？」

有別於剛剛的點頭，他靜靜地坐了很久。可是過沒多久，他慢慢地、無力地搖了搖頭。

「老實說，我現在沒有承受的自信，也沒有信心忘記她。」

權多景握拳的手使出了勁，然後面露歉意，請求諒解的說：「我可以下次再來嗎？」

「我知道在短時間內做出決定是很困難的事情，你方便的時候再來找我吧！」

「對不起，麻煩妳了。妳也有很多事情要做……」

「煩惱諮詢社不就是煩惱諮詢社嗎？這就是我該做的事。別擔心。」

他連聲道謝，走出了研究室。與此同時，午休時間即將結束的鐘聲也響了。

＊＊＊

權多景最後一次來諮詢的幾天後，徐星出院的消息開始在學校傳開。一些學生還提出了如果權多景偶然遇到徐星，會不會受到衝擊的事。值得慶幸的是，兩人的班級位置距離相當遠。

傳聞開始傳開的當天晚上，權多景在確認圖書館幾乎沒有人後，才安靜地走進來。我把彗星送進了諮詢室，權多景望著彗星，安靜地問為什麼把他叫到這裡。當彗星說需要清除記憶時，他說知道了，並繼續把目光投向彗星。

「我有個疑問。」

「是什麼？」

「為什麼不能抹去最後一次見到她的記憶？」

彗星的臉上不僅沒有驚慌的神色，反而流露出預想中的從容。

「這不是不可能的事情。但是如果不抹去對徐星的記憶，這個方法只是權宜之計而已。如果留下對她的記憶，那將是你想起遺忘的記憶的媒介，即使想不起來，總有一天你會透過別人聽到徐星試圖自殺，也會聽到你是目擊者，但為什麼不記得的話。」

權多景微微地皺著眉頭，默默地聽著他的話。彗星的話一說完，權多景可能終於下定決心，安靜地、堅決地吐露了彗星和我等待已久的這件事的結論。

「我想抹去與徐星的記憶。」

彗星說他決定在抹去權多景的記憶之後，告知他曾經目擊徐星企圖自殺的事情，因為其他人雖然不知道他和徐星的關係，但是知道他是目擊者。

彗星把權多景叫進來，請他暫時看著自己的眼睛。然後在他既像火花，又像血滴一樣的紅色眼睛上，瞬間彷彿映出了權多景的故事。但故事應該是沒有形體的，那應該是我的錯覺吧？

如同金海沅一樣，權多景暈倒後，馬上又站了起來。他連自己為什麼在諮詢室都不記得了。就像上次一樣，我給權多景看了他親自簽名的部分諮詢記錄紙，除去了徐星和他認識的事實。

「最近在學校發生了企圖自殺的事件，你是這件事的目擊者。你很難受，所以過來諮詢，而今天忘記了那個記憶。」

「怎麼忘掉的？這像是什麼催眠嗎？」

忘記徐星的他，比剛才更有活力，比我所知道的還要和藹可親。彷彿之前幾次諮詢中所表現出的悒鬱神色，都是一派謊言似的。

「嗯，類似。看你的表情，現在好像沒問題了。」

「雖然不知道是怎麼做的，但別說是諮詢，我連目擊的記憶都不記得了。」

「啊！還有以後不要隨便去偏僻的地方，搞不好會想起當時的記憶。」

這是謊話，卻是非常必要的囑咐，因為我不想讓徐星和他單獨見面。

「知道了。話說回來，即使是學校社團，也能有這樣的諮商，真是了不起。以後我會經常幫妳宣傳口碑的。啊！人太多會不會不太好？」

「不，人多我們當然歡迎啊，但是不要因此就明目張膽地說出可以抹去記憶之類的話。」

權多景以毫無留戀的表情離開了現場。那明朗的臉龐是他的本來面目嗎？還是想起徐星，露出泫然欲泣的表情的他，才是真正的權多景呢？吃完他的故事之後，彗星好像在品味著故事，只是呆呆地坐著。

「你剛才在做什麼？」

「我覺得這是一個很特別的故事。我想記住這個味道。」

「味道怎麼樣？」

「嗯，其中包含非常多的感情。」

如果繼續這樣下去，權多景和徐星兩人之中，可能會有一方愛上了對方。

如果是那樣的故事，即使當事人體感的時間很短，其中也會摻雜多種的感情。

「那個味道，準確來說是怎麼感受到的？」

「味道只是一種比喻，吃了故事就會暫時認同感情。越是符合我的口味，我就會用好吃來表示。想起徐星時，既感到悲傷又憤怒，同時感到高興，這讓我感到很神奇。這就是愛情故事的特點。」

的確，對於愛情故事來說，並不是很強烈的味道。當然啦，因為是當初連愛情都無法實現的故事。

那倒也是，但竟然能感情同步。那種心情到底是什麼樣的呢？有人憤怒時，跟著捲入憤怒之中；有人笑時，隨之而笑的感覺。所謂的味道，難道可以表現出來的是強烈的感覺嗎？我的腦海裡浮現出一段過去毫不懷念的場面。有個在哭的女人，以及看著那個女人燦笑的自己。從回憶中映射出來的她的眼神，真讓人不想看到。

隔著研究室的門傳來了敲門聲。用拳頭砰砰地敲門的人，是素媛。素媛立刻進來後，立刻瞪眼看著彗星，開始用神經質的語氣頂撞他。

「吃了嗎？」

「是在說故事嗎？」

「不是問了嘛，吃還是沒吃？」

「因為太難受了。當事者也希望清除記憶。」

聽到當事人願意的話，素媛滿腔怒火地嘆了口氣，似乎不想看到他，把頭轉到了彗星的另一邊。

「社長，不，李世月，跟我聊聊。」

「為什麼這麼突然？」

「我有話要說。我們到那個怪物聽不到的地方去談吧！」

聽到「怪物」這句話後，彗星暫時望向了這邊，但他似乎要我自己看著辦一樣，嘆了一口氣，從研究室中逃了出去。

「我以為他是背著妳偷偷地慫恿吃掉故事。刪除記憶本身就是諮詢過程嗎？」

啊，這樣看來，還沒有向素媛說明設立煩惱諮詢社的理由啊！

「嗯，不管怎麼說，還是忘記痛苦的記憶比較好。」

「那是話怪的陷阱。雖然話怪混入人與人之間是無可奈何的，但如果開始吃人的故事，就會出現問題。」

「但是這種情況是為了權多景而發生，他因為那件事非常難受。妳是說這樣不對嗎？」

「不對。不，連說不對都不值得。」

尹素媛是要說權多景應該努力撐過那件事嗎？但本人光是聽到那件事就那麼痛苦啊！

「為什麼那麼說？林彗星也苦惱了很久，不是無條件地想吃。」

「人的事情要人與人之間解決，不是靠怪物的力量來解決。妳根本就有錯覺，吃人的故事不是只得到一方的允許就可以的。」

「那要得到誰的許可啊？」

「當然是記憶的另一個主人，故事不是一個人能編出來的。當然也有例外，但一般都是在兩人以上見面時形成的故事。如果對其他登場人物毫不在意，突然抹去一個人的記憶會怎麼樣呢？」

好像前面有多米諾（Dominoes）骨牌似的，她向空中揮了揮手。尖銳的聲音瞬間變得冷淡，彷彿變了另個人一樣。

「就像多米諾骨牌一樣崩潰，而且也無法挽回，因為沒有可以重新建起來的積木。」

我想不出反駁的話。

「如果話怪開始吃故事，悲劇一定會發生。妳是明智的人，我相信妳以後不會受到這種誘惑。」

素媛可能讀到了我混亂的眼神，囑咐以後不要讓話怪吃故事，並離開了研究室。我覺得她說的不無道理的想法，以及以現況來說這是最好的合理的想法，兩者之間互相排斥，在腦海中掀起一陣漣漪。

這是正確的事情，畢竟先躲開權多景的人是徐星啊！先中斷故事的人是她。

最後，我決定把這件事情埋藏起來。但是，在把這件事埋到內心深處之前，我的休息時間過沒幾天就毫無預告地結束了。

6 什麼都不順利的故事②

當初我決定抹去他的記憶的理由是什麼。他的記憶強烈到足以破壞日常生活，這個故事不是在我們抹去的瞬間崩潰，而是在徐星失誤的瞬間就結束了。

徐星重返課堂的傳聞在全校傳開。她的朋友們似乎沒有疏遠她，而是決定保持適當的距離相處。因為以那個傳聞為結尾，她並沒有受到什麼特別對待，我以為故事就是這樣平息下來的。直到知道現在我面前的這個女孩的名字是徐星為止。

「妳是李世月，對嗎？朋友們都說妳是煩惱諮詢社社長？」

我一邊想著其他人怎麼想，一邊瞟了一下後面。彗星的表情很驚人，而素媛就像是早知道會這樣一樣，表情像是在責備彗星。

我為了裝作若無其事，硬是揚

起了嘴角，讓她進到研究室裡。她可能誤解了剛才的微妙氣氛是因為她的事，顯得相當畏縮。

「那個……如果是因為我的傳聞而感到不便的話，可以不用幫我諮詢。」

「啊，不是的，我只是因為最近事情太多太累了。所以，妳的煩惱是什麼？」

我握著筆的手微微顫抖，但比起緊張，這更接近於罪惡感。從表面上看，她似乎只要輕輕一碰就會倒下，就像用玻璃砌成的塔一樣。接著她所說的苦惱，對於知道內幕的我來說，比任何苦惱都深刻。

「最近一直見不到一位朋友，所以很擔心。」

對啊！故事的主角不止一個人。彗星吃掉的故事的另一個主角還保留著記憶。但是有一個無法理解的地方，當初以考試期間為起點，首先避開權多景的不是徐星嗎？她為什麼要在事件爆發後的現在才去見權多景呢？

「或許，妳和他發生了什麼事？」

「因為個人原因，有一段時間沒有見到他了。雖然想見面後向他道歉，但即使到他可能出現的地方也都找不到。」

「他叫什麼名字？」

「權多景，不知道是幾班。」

我對她自認為可以恢復關係的態度感到生氣。不對，我是生她的氣嗎？難道不是因為對造成這種狀況的我感到生氣嗎？

「他是第一個目睹妳企圖自殺的人。」

話音剛落，徐星的眼睛就失去了焦點，面帶驚愕的表情。眼眶裡含著的淚水順著她的臉頰流下來。她完全沒做出要擦眼睛的動作，只是默默地流下眼淚。我趕緊遞上手帕向她道歉，她反而安慰我，說這不是我的錯。

「原來如此，所以……」

一陣沉默，不知是否好不容易才平靜下來，她立即回到原本沉穩的聲音，重新開口說話。

「原來是有躲避我的理由啊，原本見過面的地方我都去過，但都沒有找到他，原來是這個原因啊！」

「啊！情況有點複雜……聽傳聞說，不管怎麼樣，他好像因為那個衝擊而忘記自己目擊了那件事。」

話音剛落，她就大聲地說那是什麼意思，用尖銳的聲音請我說明情況。我隱瞞了權多景來到煩惱諮詢社的事實，大致說明了現在的情況。他不僅忘記了目擊現場的記憶，還忘記了關於徐星的全部記憶。

「也許他不是故意不想見妳，而是因為目擊事件的影響，忘記了對妳的記憶。」

她似乎比得知權多景是目擊者時更加痛苦。

「看來你們關係很好啊！」

她的表情看起來似乎馬上又要流下眼淚。她一邊乾咳，一邊道歉說：「對不起，讓妳為難了。」

然後她從自己的背包裡拿出一本書，遞給了我。我想起以前在諮詢時，權多景說過經常借書給她的事情。那麼這大概是她和權多景最後一次見面時借的書吧！但是，也就是說，她並不是故意避開權多景，而是因為意想不到的事情沒能見面嗎？因為急事，所以連書都還不了？

「如果見到權多景，可以把這個還給他嗎？告訴他這是撿到的。」

直到意識到她可能不是有意逃避他的時候，我才開始好奇。她為什麼要在兩週多的時間裡避開他呢？

「如果不介意的話，可以問一下是發生了什麼事，妳才躲避他的？」

「躲避的理由？」

「雖然妳找不到他的理由已經知道了，但既然這件事還沒有解決，妳的煩惱就無法全部解決。如果有我能幫忙的地方……」

話音未落，她就小心翼翼地挽起袖子，展示自己被襯衫蓋住的手腕。被嚴重割破的手腕疤痕下方，有著似乎很久以前就長出來的小疤痕。我還沒來得及說什麼，她就開始說起和權多景初次見面時的故事。

「那天我在尋找可以一個人待著的地方。」

***

從第一天來到這所學校開始，徐星就經常去一些沒有其他人會來休息的地方。入學不到一週，幾乎就熟悉整個學校了。並不是因為覺得一個人的時候很舒服，也不是因為特別喜歡這樣的場所。只是每當她受到極度的壓力時，都會劃傷自己的手腕，所以需要一個能偷偷做這些事情的空間而已。

徐星第一次嘗試做那件事是在國中三年級的時候。那天也是她第一次想自殺的日子。她的父母以管教為由，輕易地對她施以暴力，有別於下降的成績，周圍的人不斷上升的期待感壓迫著她。

那天她是真的想死。但是手腕被刀割傷而血跡斑斑的瞬間，她嚇得把刀丟了。填滿腦海中的「想死」的想法，被「想活」的本能所壓倒，消失得無影無蹤。至少在那一瞬間，用眼睛確認皮膚下面有血液流動的事實時，她並沒有想死的念頭。如果她再成熟一點，或者不是被逼到懸崖邊上，她就不會做出以這種病態方式證明自己人生的舉動。

那天，她也帶了一把刀放在口袋裡，到處尋找可以待的地方。後來找到的場所是宿舍後面的停車場，那裡白天真的沒有人進去。

「妳一個人在這裡幹什麼？」

但是誰都不會來的確信，被突如其來的不速之客的聲音一下子打破了。

「怎麼，難道你租下這裡了嗎？」

劃破寂靜的鋒利話語，直直朝他而去。好不容易才找到的寂靜中，出現了不速之客，這就是徐星對權多景的第一印象。

在宿舍停車場見到他後，徐星陷入了如果自己割腕時恐怕會被人撞見的不安之中。她找到了一個確信絕對不會有人來的地方，但是那裡已經坐了昨天看到的男生。之後徐星為了不和他碰面，找遍了自己看上的所有地方，結果她每次都會碰到他。

從某個瞬間開始，即使沒有受到壓力，也不想劃手腕的日子裡，她也開始尋找偏僻的地方，抱持著一種到底要一直碰見他到什麼時候的心情。過了一週左右，徐星疲於到處尋找，就坐在他的旁邊休息。他沒有對徐星說些什麼，她也不覺得有必要。不知為何，這種氣氛比起一個人時舒服多了。徐星為了在他旁邊安靜地休息，開始去一些他逗留的地方。但是她對權多景的關注，與對花壇上種下的粉紅花不相上下。

時間很快就過去了，徐星對於老是看著前方休息也感到厭倦，她第一次將目光投向了他。最先映入眼簾的是他胸前的名牌，權多景。她對這個名字沒有任何想法，因為不知道他是什麼樣的人，因此想多瞭解一下那個名字是否適合他。

「你現在讀的是小說嗎？」

第一次露出熱情臉孔的他介紹了那本書，徐星並不討厭他這個樣子，並對他遞給自己的書產生了興趣，有了些感想，而那些感想與他一致，讓她覺得很開心。春天是適合心情綻放的季節，徐星相信這種心情會成為某種關係的開始。她便暫時忘記了地上還有在綻放前不經意間被她踩到的花。那天是離考試日期沒剩幾天的星期五，徐星坐父母的車回家。

她的書包裡還放著一本權多景借給她的小說。因為是一本輕便的書，所以和平時沒有什麼不同，但奇怪的是，在書包厚厚的感覺下，徐星漸漸激動起來。回到家晚飯後洗漱出來時，徐星發現原來乾淨的客廳地板被熟悉的東西弄亂了。地上亂七八糟的東西中間放著一本印有粉紅花的封面、令人印象深刻的小說。書本上的花被母親踩在腳下時，這才看到了母親手裡拿著的熟悉東西。

她被打了半天，又哭又喊，噩夢才結束。小說的封面雖然有些皺掉，但只要好好拉開，就會看起來完好無損。徐星沒有看到出現在自己胳膊上的瘀青，而是仔細觀察了書的各個角落。直到確認了書沒有太大的毀損之後，才感覺到疼痛。徐星透過這種疼痛，意識到這就是自己的日常生活。無意中翻了口袋，想把刀拿出來，但怎麼找也找不到。

「……這樣看來，最近都沒帶過刀呢。」

她回憶起自從見到權多景後，自己一次也沒有試圖自殘，不，沒有嘗試過。見到他的時候，不用管有沒有帶刀，與他分享的短暫而毫無意義的對話、脆弱的關係、輕微的笑容，這一切聚集在一起，很快就消除了她的痛苦。徐星瘋狂地翻找桌子，找到了尖銳的東西。權多景不在的現在，她所能依賴的地方只有那裡。

春天結束後，夏天到來是順理成章的事情，但是世界上也有不能享受那個季節的人。徐星沒有迎來夏天，就結束了春天。從那天起，她又開始依賴自殘了。如果哭著向他訴說自己的痛苦，他一定會覺得自己很難相處。她不願和他那樣分離，決定等到可以好端端地見到他為止。雖然遇到別人的危險很高，但至少在不會被發現自殘的廁所隔間裡，她劃傷了自己的手腕。從那天以後，徐星的父母在宿舍點名之前，每次都會給她打電話，問她今天的學習怎麼樣、考試考得好不好。

「是。是的。沒有。沒關係。是的。」

她強調了兩三次別擔心那些事，然後才掛斷電話。但在她的腦海裡，如何擺脫無法忍受的自責情緒，比要考好試的想法更重要。她考試又考砸了，考完試的那天，父母打電話來說星期五去接她。她沒有跟父母講任何考試的事，她自從上高中以來，被父母毆打最長的時間。那天是她有史以來第一次挨打時沒有哭，也沒有出聲，也沒有說自己做錯了。

這可能是她那天被打那麼久的原因。如果沒說自己做錯了，那就不是管教，而是暴力了。

星期一早上父母傳來簡訊，表示收到了成績單。簡訊中充滿了假裝鼓勵的惡語。中午一敲鐘，徐星就拿著一把美工刀去了學校後方的庭院。

如果按照原來的方式，她可能會選擇廁所隔間，但現在她需要向著從石階照射下來的溫暖陽光。徐星望著陽光向自己的手腕揮刀，在無法阻擋血液流淌於紙巾上時，明白了有什麼不對勁。雖然想大喊救命，但因為筋疲力盡，說不出話來。徐星沒有聽到有人對自己大聲尖叫，就失去了意識。

＊＊＊

兩個故事被分成兩半，其中一個故事彗星已經吃掉很久了，另一個故事現在還留在這裡。她沒有自殺的念頭，不，反而是急切地想要活下去。我理解了徐星不得不避開權多景的理由。事實上，說可以理解的話太沉重了。

「我不知道妳是否相信，但我不是想自殺。」

「我相信妳。」

「我是想努力堅持到能看見他的笑容為止。」

「我知道。」

「但是現在想想，如果這樣分離的話，還不如哭著向他傾訴呢。」

徐星瞬間捂住自己的嘴，擺手表示要忘掉剛才說的話。

「不，與其給他這種負擔，還不如現在比較好。如果那樣行動的話，對他來說，我什麼都不是。」

如果從她身上抹去有關權多景的記憶會怎麼樣呢？但是我不能給她那個提議。沒有她的權多景並不是很不幸，但是沒有他的徐星不知不覺地奔向了深淵。

「我是沒辦法讓權多景重新想起妳的，妳知道吧？」

「嗯。」

「即使想起來，也沒辦法好好面對的。」

「我很清楚。」

她希望和權多景能再好好相處，但我不能給那個煩惱解決方案。如果不能歸還她的救贖，至少應該制定安全措施，讓她不會受傷。

「通常我們的工作是幫助接受諮詢的學生解決煩惱，但是這次解決不了，所以就另外給妳適當的解決方案。」

我抓住徐星，讓她真切地感受到她的生活多麼危險。如果反覆劃手腕，就無法保證不會再發生這樣的事情。

「以前是怎麼緩解壓力的？」

「……吃甜食，或者偶爾畫畫。」

「除了這些呢？」

「有時去公園散步，有時和朋友們一起玩。」

第一次試圖自殘時，她處於多方面的窘境。因為父母的監視，隨意外出或享受興趣也很困難。

「去年的妳很難做到這一點，但現在不是了。是吧？」

現在在學校裡，父母不會因為她散步或享受興趣而對她說什麼。我提出的處理方式很簡單：千萬不要劃傷手腕，而且每天都要做她以前緩解壓力時使用的方法。徐星以比剛才更爽快的表情說聲謝謝後，用平靜的聲音補充了提問。

「如果我靠近他，總有一天他會想起我嗎？」

「應該不行。」

「太好了，這樣即使偶然相遇，他也不會想起痛苦的回憶了。」

如果只聽權多景說的話，會覺得她是個相當不負責任的人。但是透過這句話我深切地感受到，那是因為之前不知道她的遭遇而產生的錯覺。

「……雖然不能成為非常要好的朋友，但應該能恢復到只是打招呼的關係吧？或者也能感謝對方當時給予自己的幫助。」

「嗯？」

「雖然不能讓所有人都理解妳沒有尋死的想法，但至少面對權多景時，可以一邊說謝謝，一邊婉轉地說出來。」

她似乎反覆回味我最後說的話，把目光投向桌子，低聲嘀咕著連我都聽不到的話。徐星拿起自己放在桌上的小說，重新收回自己的書包裡。

「即使不能成為朋友，或是變成不如以前的關係……」

不管怎麼說，徐星似乎是要親手歸還他的書。

「……如果能再有機會說話的話，我就沒有任何遺憾了。」

我送她離開，並跟著她走出去。彗星不知什麼時候出去的，只有素媛坐在研究室前的椅子上。

「林彗星說如果在這裡的話，可能會聽到諮詢內容，所以去了別的地方。」

素媛說完這句話後，避開我的視線。有別於平時宏亮的聲音，她以微弱的語氣說出了令人意想不到的話。

「我剛剛並不是要責怪妳，對不起。」

「沒關係，我知道妳是擔心才說的。但是，妳為什麼那麼討厭話怪呢？」

「我以前看過紀錄，有些和話怪關係密切的人遭遇到某些狀況。」

「是什麼狀況？」

「是……」

在素媛要說話的剎那，隨著開門的聲音，彗星回到了圖書館。時機太妙了，瞬間讓人不禁懷疑他是不是故意現在才回來。

「諮詢順利結束了嗎？」

「目前是。」

徐星是最後的諮詢者。我怕發生爭吵，把彗星和素媛兩人一下子送出了圖書館，然後打掃了研究室。打掃時，諮詢過程中和徐星對話內容的記錄紙映入眼簾。

諮詢學生：徐星。雖然預測她的試圖自殺會導致狀態不穩定，但透過諮詢證明她試圖自殺是壓力導致的自殘。國中時期因為不好的記憶選擇了錯誤的減壓方法，尋找代替的方法比什麼都重要。

徐星的諮詢紀錄中沒有提及權多景。因為兩人的關係現在只存在於徐星的記憶中。失去了一半的故事不能發揮故事的作用。即使記錄下來，除了徐星以外，誰都無法理解和接受。

在《少年維特的煩惱》一書中，維特無法抑制對綠蒂的心意，最終選擇自殺，這讓閱讀此書的眾多觀察者，面對了和維特一樣的死亡。權多景既是徐星的觀察者，也是綠蒂。在我的眼裡看來，她的痛苦一直與維特重疊。但是，她是一個不會因為無法實現愛情而自己結束生命的傻瓜。因為折磨她的不是權多景，而是她的過去。

（希望那個女孩能有好的結果。）

我突然產生了這樣的想法。如果彗星沒有抹去權多景的記憶，他現在會過著怎樣的生活呢？他會給徐星說明自己情況的機會嗎？權多景如果聽了，能理解那個情況嗎？整個過程結束後，他們會迎來怎樣的結局呢？

素媛說，話怪的介入會毀掉一切。但是如果假設記憶未被抹去的情況，就讓我想起了當初我決定抹去他的記憶的理由是什麼。他的記憶強烈到足以破壞日常生活，這個故事不是在我們抹去的瞬間崩潰，而是在徐星失誤的瞬間就結束了。

「如果徐星生活在稍微幸福一點的家庭，就不會陷入這種狀況了。」

我直視著她之前放小說的地方，她或許也有許多留戀，權多景對她來說是很珍貴的人吧！所以，當我說「雖然只能放棄，但這種程度應該沒問題」時，她馬上拿起了書。如果我是徐星的話會怎麼樣呢？當我想到這裡時，感到這個假設本身太可笑，甚至臉上不由得露出笑容。說什麼珍貴的人呢？即使有了那樣的人，也肯定會在變得更珍貴之前，離開我的身邊。

整理記錄單後離開圖書館時，不知不覺已經快到了晚自習時間。確認關好了燈、鎖上圖書館的門之後，我想著不能遲到，就趕緊向宿舍跑去。乍看像是兩個諮詢，其實是同一個事件的諮詢，就這樣結束了。

7 你的煩惱、我的煩惱

我們的祕密不是為了共享而共享，建立社團也是為了維持祕密才採取的手段，不是嗎？

素媛和彗星的關係絲毫沒有好轉，我和素媛之間反而變得有些尷尬。大概是從素媛還沒來得及說出想說的話開始的吧！學校的學生們也不知不覺擺脫了憂鬱的氣氛，回到了祥和的日常生活。學校的氣氛越熱鬧，前來煩惱諮詢社的顧客反而越多。現在我面前的這個女孩也是其中之一。

「妳的名字是？」

「梁知惠，三班。」

「要諮商的內容是什麼？」

她好像有點不好意思，稍微紅了臉，說出了自己的煩惱。

「……這學期已經開始一段時

間了，但是我都沒有可以一起上學的朋友，所以很苦惱。」

「妳和班上同學的關係不好嗎？」

「我和同學們經常打招呼，也不是互相討厭的氣氛。但是我在學期初因為身體不舒服沒能來上學。等我來上學的時候，班上已經形成好幾個小團體了。」

是啊！關係好和同一個小團體是兩碼事。問題是，我即使想提出建議，也不知道該怎麼辦．因為追究起來我也一樣。以前我也有些彼此交談幾次的朋友，但是開始參與煩惱諮詢社活動之後，除了上課時間以外，也沒有機會跟他們見面了。

「那個我也很苦惱。」

「嗯？」

「啊！不是，我是說我也很苦惱要怎麼解決。這種情況很難處理嘛！是吧？」

我差點要接受諮詢，而不是提供諮詢。我能給梁知惠的建議只有一些老掉牙的做法，但她只是吐露了自己的苦惱，就顯得很輕鬆。諮商接近尾聲的一剎那，外面傳來敲門聲。彗星有什麼事嗎？

「可以進去一會兒嗎？印表機的紙不夠，需要補充，影印紙在裡面吧？」

「啊！嗯，進來吧！」

啊！話說回來，三班的話，和彗星是同班啊！如果自己班上的同學在煩惱諮詢中進來的話，會不會有點那個呀？甚至她的故事是說她在班上沒有朋友。

「不，等一下。別進來。喂，外面是林彗星，讓他進來也沒關係嗎？」

「沒關係，反正他也是同班同學，我知道我沒有朋友……」

一般來說，我是不太會流淚的人，但是今天總覺得有好幾次會泫然欲泣。

「林彗星，現在可以進來了。」

他看著我的眼色，迅速地拿起角落的一包影印紙，連四目相對的時間都沒有，就頭也不回地離開了研究室。

「嗯，我們接著說吧？」

之後我和梁知惠聊了很久，不過遺憾的是，向我諮詢交朋友的方法，就像跟外語老師詢問韓國史一樣毫無意義。

＊＊＊

「到底要怎麼交朋友呢？」

「如果在一起的時間多，自然就會變得親近吧！」

我本來想反駁說，那是像林彗星你這樣悠閒的人才會那麼想，不過他接下來說的話讓我閉上了嘴，瞬間停止了思考。

「我也是妳的朋友啊！不是嗎？」

「什麼？」

「妳不是覺得自己沒有朋友才問的嗎？」

嗳，他知道我剛才諮詢的是什麼內容，怎麼能這樣解釋呢！但是比這個更讓人擔心的是，現在素媛望著這邊，眼神非常凶惡。

「所以說，你和我是朋友嗎？」

「我們共享祕密，還參加同一個社團啊！這不是朋友，還能是什麼？」

我們的祕密不是為了共享而共享，建立社團也是為了維持祕密才採取的手段，不是嗎？不管怎麼說，我想著彗星好像吃錯了書，正要離開圖書館的瞬間，素媛小心翼翼地走到我身邊，遞給我一張紙條，打開一看，裡頭寫著她內心期待已久的話。

「今天下課後去二班前面吧！我們一起吃晚飯，我有話要說。」

她終於要把上次想說的話說出來了嗎？我趕緊把紙條揉進口袋裡，急忙回班上去，好像是在回應她的急躁情緒。

我整個下午都在想，話怪會以什麼方式對人造成傷害。可是當初話怪說只能吃下允許者的記憶，那結果豈不是自作自受嗎？就像中彈身亡的人，不能責怪槍一樣。

下課後，學生們為了吃晚飯而忙碌時，我透過窗戶看到了等待著我的素媛的臉。

「啊！妳這麼快就出來了？去吃飯吧！」

我跟著催促我趕緊走的素媛，走向了食堂。可能是因為素媛的確很顯眼，有幾個學生偷偷地觀察她的臉色，但是連這樣的視線也被食堂的人潮所淹沒，很快就消失了。一坐下來，素媛彷彿對這一瞬間期待已久似的，立刻開口說話。

「我母親雖然是名噪一時的巫師，但是我沒有什麼通靈能力。」

我大概感覺到了。彗星也曾經提及。

「我認為只要知道的東西夠多，就可以彌補通靈能力不足的問題，所以研究了國內發生的各種未能結案的事件。我知道話怪的存在，也是在研究很久之後才得知的事情。據我所知，關於話怪的傳說只有一件事是眾所周知的。」

她研究了好幾年才能掌握話怪的存在，看來話怪真是非常少見呢！在漫長的開場之後，她講述了與我在腦海中多次描繪的完全不同、意想不到的故事。

「以前，話怪完全孤立過一個村裡的孩子。」

根據紀錄，有一個鄉下孩子把迷路的少年帶到了村裡。但是那個少年來了以後，村民們開始失去對那個孩子的所有記憶，最後甚至連他的父母也忘了孩子的存在。那個孩子因為記得所有事情，所以主張自己是這個村子的人，然而最終那個孩子只能和那個少年一起離開村子。

「那個少年就是一個話怪，他把村民們對孩子的記憶全部吃掉了。」

如果紀錄屬實，正如素媛所說，刪除村民記憶的犯人確實是話怪。但是，我好像掌握了所有情況似的，對於紀錄是如何留傳產生了疑問。如果想將這種情況留傳下來，能寫這篇文章的人，只可能是孩子本人或話怪。

「那是真的發生過的事情嗎？」

「真的。如果留下這樣的假紀錄，肯定會受到懲罰。也許細節會有所遺漏，但內容分明是真實的。」

這些的確是不能讓彗星聽到的話啊！在嘈雜的食堂裡，即使彗星在裡面，也很難聽見素媛說的話。但是，如果說有什麼令人擔心之處，那就是無論怎麼看，食堂都沒有彗星的蹤影。

「妳是因為擔心我，才說這些話的吧？」

「是的，妳知道我剛才聽到林彗星說妳是他朋友時，有多害怕嗎？記住，雖然我不知道你們為什麼會在同一個社團，但是絕對不要再攪和在一起了。」

「那個社團是我提議成立的。他吃了很多圖書館的書，讓我很頭疼。所以他請求能吃掉人的故事，我答應了。」

我話才說完，素媛的表情比剛才更嚴肅，她放下了手中的筷子說道：

「我從以前開始就感覺到了，原來妳也不平凡啊？」

也許是在說完後才發覺這樣有點失禮，素媛帶著尷尬的表情，請求我忽略她剛才的話。

「我也知道自己哪個螺絲鬆掉了。」

「我很抱歉，別放在心上，好嗎？」

「不是的。一般情況下，人們面對怪物的一瞬間就會暈倒。因為他被我發現偷吃書，所以才出現這種情況。」

「妳是在他是怪物的時候碰到的嗎？哇！膽子真大。他也是，妳也是。」

「因為他馬上又變回人類的形象。如果他以猛獸的樣子威脅我，說不定我連書籍丟失都不顧就跑了。」

「通常在那種情況下，不會想到書籍丟失的事。」

＊＊＊

梁知惠今天沒有吃學校的供餐，而是去了小賣部。因為今天的菜色並不好，而且沒有一起吃飯的朋友，經過諮商之後，她感覺更加真實，莫名地感到孤獨。下課準備收拾書包的那一瞬間，從遠處傳來了經常聽到的聲音。

「去哪裡？食堂？」

「喔，不，我要去小賣部。今天的伙食不怎麼樣。」

「啊！是嗎？我還沒確認菜色，所以不知道。既然都這樣了，要不要和我一起走？」

出現在梁知惠面前的是同班的林彗星。彗星偷偷地環視了一下周圍，發現沒有人，催促梁知惠說：「快點走吧！」梁知惠的座位在窗邊，不知不覺間落下的夕陽在梁知惠的後面閃耀著紅光。彗星看著梁知惠在寂靜的陽光下的身影，短暫間看到了她思念的人。那個人是她的第一個朋友，也是讓她變成現在這副模樣的罪魁禍首。

一到小賣部，梁知惠拿起自己常吃的麵包。她一到櫃臺，彗星就趕緊拿出現金替她

付錢。

「你為什麼要幫我結帳呢？還有，你不餓嗎？為什麼你什麼都沒買？」

「我剛才午飯吃得太多。這是因為覺得抱歉才請妳吃的，所以妳就吃吧！」

「你為什麼感到抱歉？」

「其實我剛才聽到妳說的話了。就這麼算了，有點說不過去……」

梁知惠一下子紅了臉。但是她反而像沒事一樣地搖搖手，安慰表情非常抱歉的彗星。

「沒關係！你又不是故意的。剛才進來的時候，我還想過會不會是你偶然聽到的。」

「謝謝妳這麼說。不過，只用一個麵包的錢來表示歉意還不夠吧？」

彗星面帶天真無邪的笑容，目不轉睛地看著梁知惠。

「如果妳不反對的話，我幫妳安排機會如何？」

「嗯？」

「雖然我也不是和班上的同學很親近，但是平時聊天的同學還是很多的。大家有機會一起玩的話，對妳會有幫助吧？」

梁知惠覺得他的話很荒唐。自己並不是轉學生，而且重新上學已經很久了，現在才這樣特意安排，也令人感到羞愧。

「如果覺得不方便的話，可以和我一起去。妳也知道，我都是獨自吃飯。」

「哦，讓我想想。我們又不是熟人，你只是因為聽說了我的事情而這樣，多可笑啊！」

彗星似乎已經預料到這一點，面對拒絕也保持毫不動搖的微笑，並馬上說出準備好的話。

「其實道歉只是藉口，如果我只是想和妳好好相處呢？」

彗星並不是因為對梁知惠有特別的感情才這麼做，而是因為自己藉由抹去記憶給某人帶來傷害的事實，引發了過去沉寂一時的愧疚感。這種愧疚感只需要稍微有些共同點，就足以將其適用於任何人身上，彗星在不知道這個行為是失誤的情況下，跟隨了這種奇怪的心情。彷彿只要拯救了梁知惠，彗星也得以原諒從前的自己。這真是愚蠢至極的錯覺。

梁知惠表示以後會回答他，然後急忙離開了。她離開後不久，彗星因為背後的視線頓時感到毛骨悚然。不知從什麼時候開始，雖然感覺跟人類很親近，但未曾像現在這樣無法不害怕某人的殺氣。

＊＊＊

我和素媛為了填飽剛才沒吃飽的肚子前往小賣部時，看到了剛才來煩惱諮詢社的梁知惠和彗星在一起。當時，我正要問他到底發生了什麼事情。一聽到彗星對梁知惠所說的話的瞬間，素媛的表情變得嚴肅起來。當我正想問素媛，彗星到底在想什麼時，素媛因為害怕梁知惠會消失，連護身符都忘了拿出來，就衝向了林彗星。

「你終於瘋了。」

素媛用力抓住彗星的領口，導致他的衣襟都散亂了。彗星像從夢中醒來的孩子一樣，露出驚訝的表情。他沒有甩開素媛抓住他衣領的手，而是默默接受了。

「就算你真的想要跟她混熟而接近她，我也必須提出警告，你究竟要做什麼，為什麼去接近完全不知情的人呢？」

「……我想幫她解決煩惱。」

他們兩人的視線自然而然地投向了身後的我。我重新想了一下自己是呈現出什麼樣的表情。我的表情很嚴肅嗎？還是很憂鬱？看著彗星變得扭曲的臉，看起來是足以引發他愧疚感的表情。

「以後，別說是梁知惠，就連世月也不會和你做朋友了。我都告訴她了，和話怪混在一起的話，會變成什麼樣的人。」

「那是什麼意思？」

「你也聽說過，所以應該知道吧？有個話怪吃掉了整個村莊記憶的事件，因此，原本生活在幸福的家庭，有著心愛朋友的孩子，在一瞬間失去了活下去的理由。」

素媛一說完，彗星露出了什麼樣的表情呢？唯一可以確信的是，有別於平時總是摻雜一些裝模作樣和虛偽的樣子，當時他的臉上完全展現出明顯的絕望。

「林彗星，這跟你是怪物無關，在諮商以外的時間介入別人的日常生活，才是問題所在。」

「但是，世月啊，我真的很想幫忙……」

「林彗星。」

有時他像是活了幾百年的老人，有時又因為不是人類，而帶著不該有的傻勁，並暴露出那種愚蠢。此時他感覺就像個孩子。

「你記得我為什麼要成立煩惱諮詢社嗎？」

「當然記得了。這是為了讓我不必到處找故事來吃，而是讓想抹去記憶的人自己找上門來。」

「沒錯，不要到處去找故事，而是讓人來找你。但是你為什麼去接近不需要你吃掉記憶的人類呢？」

若是我說出這樣的話，他會露出受傷的表情嗎？這是出於真心，還是摻雜著虛情假意而展現出來？即使是後者，我也不會指責他。在這一點上，我也沒什麼特別不同。我只是對於作為怪物的彗星，真的像人類一樣行動，覺得有點可憐，一方面很在意，一方面又覺得有點像我。不，準確地說，有這樣的想法讓我感到非常煩躁。

「這跟我們原本的約定不一樣啊！不是嗎？你覺得你有可能交到真正的朋友嗎？」

素媛的表情看起來並不輕鬆。我跟彗星保持距離，也是她希望的事情。

「別擔心，尹素媛，他和我原本就不是朋友，也不可能那樣。上次他也只是說說而已，是吧？」

素媛稱他為怪物，並且擺明著保持距離的態度，確實令人不太滿意。但是「擺明」的部分，只是讓人感到礙眼而已，除此之外，我似乎也跟她抱持相似的想法。

「哦？就是這樣。是啊！這是個好主意。」

「林彗星，那我們先回去了。晚餐時間結束前過來吧！這次的事情我們會好好收尾，請你不要越線。」

說完這句話，我故意轉身不去看彗星的臉。素媛輪番打量著我和他，臉上露出不悅的表情。啊！也許她和我相反呢！雖說她討厭怪物，但她只是因為與怪物持敵對立場才那麼說的。事實上，不知道從何時開始，她也把彗星當成像人類一般看待了。

「沒事吧？妳的表情看起來不太開心？」

「啊！不，沒關係。只是，我以為妳把林彗星當成是親密的朋友，沒想到妳會這麼想。還好妳能這麼想，這樣才對……」

對於之前一直表現出人性化態度的彗星，素媛也許只是有點期待而已。彗星不想與煩惱諮詢社成員以外的其他人親近，因為素媛和彗星都知道，話怪不能和人類親近。所以當彗星接近梁知惠時，素媛才會生氣吧！

「妳也知道，我還見過他是怪物的樣子呢！雖然可以看作是林彗星，但若是要當作人類來看待，還是有些勉強。」

如果把我的想法直接告訴她的話，她會生氣地問我為什麼要那樣說吧！與其說她不喜歡怪物，不如說她是努力去尋找怪物的人。

＊＊＊

上課前，梁知惠偷偷地把彗星叫了出來。

當彗星苦惱著如何對她說剛才的提議可能會有困難的話時，梁知惠先開口了。

「我可能不太方便接受你的提議。」

「嗯？」

「即便你再怎麼好心，不都是在我接受諮詢之後，才提議的嗎？我不知道你是出於什麼想法才會那麼說，但是說實話，我覺得很不高興。」

聽到梁知惠直言不諱的話，彗星無法掩飾住驚慌的神色，連連說對不起。梁知惠馬上安慰他說沒關係，然後欲言又止，接著又重新開口了。

「但是多虧了你，我領悟到了一個道理。仔細想想，我只希望對方先靠近我，沒想過我可以先靠近別人。可能是因為我下意識地認為，如果我先靠近別人，那肯定會遭到拒絕。」

她說出這些話時，似乎心裡感到很痛快，臉上露出充滿活力的笑容。這與彗星靠近時她所露出的笑容有些不同，而是那種會讓人產生好感的爽朗微笑。

「不管怎麼說，就像你對我做的一樣，我應該積極地接近其他同學。我以為只要靜靜地待著就行，沒想到這樣的想法反而很傻。」

彗星原本準備要說的話什麼都沒說出口，就這樣直接被拒絕了。

「那麼我們進去吧！馬上要開始上課了。」

彗星呆立了一會兒，聽完梁知惠的話，這才回過神來。那天上午，彗星一直在考慮如何與煩惱諮詢社的社員們和解，連課都沒能好好聽。

＊＊＊

「我是因為有煩惱才來的。」

「你也是我們的社員，在社團有煩惱的時候，能來諮商嗎？」

為了和解，彗星選擇的方法，就是先正面進擊。

雖然他選擇的方式有些拙劣。

「首先，對於沒有深思熟慮過，就單獨接近梁知惠這件事，我表示歉意。」

「你總算知道自己做錯了。」

「所以，如何跟妳們和解才好呢？我怎麼想也想不出來，所以就來諮詢了。」

他這種天生的厚臉皮，真讓人不知怎麼辦才好。

「我保證以後不會再發生這樣的事情。而且我也說得太過分了。對不起。」

「嗯，沒關係。還有，梁知惠的事情，後來怎麼樣了？」

「啊！那件事圓滿解決了。」

彗星詳細說明了和梁知惠有什麼對話，結果梁知惠透過這件事解決了所有的苦惱。這樣的結局比想像中來得好，所以也沒有必要再追究了。

「你真的要感謝梁知惠，因為很少有人會就此善罷干休。」

「我也是這麼想的。她是個好孩子，應該很快就會交到朋友的。」

「在我看來也是這樣。」

雖說是和解了，但是經歷昨天的事件之後，彗星和我之間的距離似乎變得比之前疏遠許多。每當看到他跟我說話時無意識地停頓，或者經常一副覺得很難拜託我的模樣時，我就會意識到這個事實。

過沒多久，比之前開朗許多的梁知惠來到了圖書館。她說謝謝我和她談話，並說她現在交到了好朋友。當被問及如何交到朋友時，不知怎的，素媛似乎對此非常感興趣。

「我們班有一個三人一組的小組報告。但是這次的小組報告主題是要四個人一起做，所以我就先主動要求加入某一個組，於是大家很自然地一起吃飯，就這樣變得親近了。」

「妳不會是一個人做完整個報告了吧？」

「哎，不是的。大家都很會調查資料，發表也是別人負責的。我只做了簡報。小組報告完成後，大家也相處得很好。」

看來真的遇到了不錯的同學啊！我適時地附和著說太好了，素媛則在角落裡不知信手塗鴉些什麼，讓人都要覺得她有點可憐了。

「……尹素媛，以後要一起吃晚飯嗎？」

「嗯？我沒關係，妳沒有一起吃飯的朋友嗎？」

「妳在開什麼玩笑？沒有。上次妳到我們班來的時候沒有感覺到嗎？」

雖然那天素媛的表情有些不愉快，但是我並沒有感覺到與她疏遠。現在素媛的表情變得開朗起來，看來我這個想法似乎沒錯。

8 想忘也忘不掉

如果自己不選擇這條路，一輩子只會埋怨他人。就像這本明明是自己的日記，但彷彿加入了更多他人視角的日記一樣。

五月的長假剛結束不久，我們又碰到了意料之外的人——金海沅。就是那個雖然夢想當小說家，但是由於家人反對，來找我們說想要放棄夢想的人。

「所以，這很難區分是單純的愛好，還是適合我的工作。」

自從那次諮商之後，過沒多久，他就以平時浮現在腦海的故事為基礎，開始一點一滴地寫起小說來，並且上傳到業餘作家的連載網站上。

「因為不是常見的題材，所以很擔心是否符合人們的喜好。但是連載的篇數日漸累積後，很多人留言，支持的人也越來越多。」

據說，最近他的作品在網站上也開始進入排行榜。於是，他想說如果自己選擇一條以寫作為生的道路，不知會如何。

「作家畢竟是不穩定的職業，可能是因為我念書遇到瓶頸，所以為了尋找避風港才有了這樣的想法。」

真奇怪，這似乎是不看好他作家夢的他父母該說的話。

「但是，與其說是衝動，還不如說是寫文章太開心了。甚至讓人懷疑為什麼不早些這麼做。」

如果他知道了自己過去夢想成為小說家的事實，就會明白這不是單純的衝動，而是自己真正想要的前途。他曾經放棄過成為小說家的夢想。如果是一個即使忘卻記憶也會重新想起的夢想，那不正是他真的應該要走的路嗎？

「嗯，不論如何，似乎這部分你也需要時間去思考，是不是應該多諮詢一下？留幾天時間考慮，想想截至目前為止聽到的，選擇作家這條路前進似乎也可以。聽說你的作品目前反應不錯？所以你是有天賦，也有興趣的吧？」

「謝謝妳這麼說。我還考慮過要不要和家人談談，但是在不確信的情況下，就想走另外一條路，這本身就會有些困難。」

「所以才會有我們社團的存在呀！有時間的話，隨時來找我。」

金海沅離開後，我為了查閱他以前的諮詢紀錄，拿出了三月份的資料。他從小就夢想成為小說家，但是家人們卻無視這個夢想。最後他不想因為無法實現的夢想而受苦，拜託我們說：「如果能夠抹去記憶的話，我想那樣做。」所有的一切都原封不動地記錄在那裡。即使有無法實現的夢想，但是好像沒有可以忘記的夢想。不僅留存在記憶中，而且是連身體都熟悉的程度。當我正在閱讀諮詢紀錄時，彗星走進了研究室。

「雖然預想到了，但是比想像的要快得多。」

「以前沒聽說他連載過小說，為什麼在失去記憶的現在，才有這樣的嘗試呢？」

「也許是因為內疚感的輕重程度不同吧！」

「內疚感的輕重？」

「想想看，如果妳夢想成為小說家，卻因為父母反對而放棄。那麼，在這種情況下，還會有在網路連載小說的想法嗎？」

「一般很難吧？」

「但是如果只是把寫作當成興趣，所以才寫小說並且上傳呢？相較於前者，內疚感更輕吧！因為有了只是興趣的這種迴避對策，所以背叛父母的內疚感也不會太大。頂多就是減少一些投注於念書的時間，這種程度的內疚感？」

「也就是說，反而因為夢想不是小說家，所以很容易實現？」

然而從他目前的態度來看，不久之後，他就會把自己的志願轉向作家這條路。這麼一來，他的苦惱就會反覆出現。只要他想起夢想，必然會面對放棄夢想的選擇，除非他竭盡全力打破這種反覆的循環。

「如果他再次懷抱著成為小說家的夢想，因而帶著同樣的苦惱來到這裡，那麼繼續吃掉他的夢想是正確的嗎？」

你會如何回答呢？如果是不久前的話，彗星可能會認為「每次都先刪掉，會不會更好？」但是現在他不這麼想了。雖然這並不是說他像個人類，但是他知道自己正逐漸出現不像怪物之處。

「老實說，他的故事很好吃，但我不想再吃下去了。」

「你不是應該吃掉記憶嗎？」

「這是剛才應該問的。」

「但是感覺你和一開始有很大的不同。」

不知從何時起，我開始不斷分析他平時會如何思考。就他而言，單憑表情很難讀出他的感情，但是我自己也知道這不是真正的原因。

「我也感受到了這一點。特別是看到妳對待我的態度。」

「我對待的你態度？」

「剛開始妳真的只是把我當作道具。說實話，活到這種程度，人就不像人了。」

剩下的理由就是，光是在心裡想都覺得太不像話的瘋狂內容，無法在腦海中想像，因此才說是錯覺。因為知道他是怪物，所以只是覺得特別而已。而且再次集中於對話內容時，彗星說出口的話本身就相當驚人。

「但是，妳有些地方很危險。從某種角度來看，成立煩惱諮詢社不是為了我，而是為了妳。」

「竟然說是為了我，什麼意思？」

「要說實話嗎？我有時候不覺得妳是人類，因為感覺不到人性。」

「這是挑釁嗎？」

「不是，因為我覺得新鮮又有趣，所以才想說要告訴妳。」

「新鮮這檔事就不要再提了吧！」

「其實，我不是隨便說說而已，我希望現在跟妳說的時候，可以少點偽裝。」

真是個好決定。因為我也覺得與其從他的話中一一去抽絲剝繭後理解，這樣開誠布公會更輕鬆。在旁邊聽著我們這段對話的素媛，則只是看著我們，擺出了「這些人到底在說什麼」的表情。

「嗯，說實話，我不知道你們現在在說什麼。金海沅以前也來過嗎？」

「啊！在妳入社之前。這樣看來，妳當初不是聽說金海沅的煩惱已經徹底消失了嗎？」

「雖然聽說有人來諮詢後，完全消除了煩惱，但沒聽說那個人就是他。所以，不是簡單的刪除記憶，而是吃掉了人類所擁有的夢想？你瘋了嗎？」

「現在回想起來，當時只有想到要先餵他吃點什麼才行，眼光確實短淺了些。」

「只要早一點調查學校的情況，就能阻止這次的意外發生了。」

值得慶幸的是，上天給了彗星第二次機會，得以挽回一點失誤。

「還好多虧了尹素媛，我們才回到了正途。因為林彗星他突然說出奇怪的話，話題都走偏了。」

「居然說我講了奇怪的話，那可是發自真心的。」

之後我們聊了半天關於金海沅的事。素媛表情嚴肅地聽了金海沅的詳細諮詢內容，當她聽到金海沅說想要放棄夢想時，甚至嘆息不已。她尊重彗星說「不會再吃他的記憶」的意見，並決定遵從彗星要「給海沅看他自己的諮詢紀錄，讓他知道自己遭遇了什麼」的願望。有別於我總是採取最大限度的合理判斷，素媛總是會想到各種可能發生的情況。當她說出刪除記憶的話，需要解決心理創傷的事情時，她甚至想到參與這些記憶的其他人物，擔心之後可能會發生的事情。彗星的想法雖然和她略有不同，但至少比我更清楚地知道人類的心理是以何種方式運轉，因為僅以這件事來說，他就知道金海沅很快就能找回他忘卻的夢想。

「說來確實有點慚愧。」

「嗯？」

「如果沒有你們，我們的社團很快就會倒閉了。」

聽到我說了這句肉麻的話之後，素媛的臉瞬間紅了。

「我哪有。說實話，我幾乎沒有做什麼。」

「確實如此，諮詢也是由我來完成。」

「……後面說的話，似乎更像是真心話。」

素媛露出十分坦率的神情。雖然我並不討厭自己的理性，但是看到她時會覺得像她那樣地生活，會是什麼樣的心情。經過長時間的交談，我們決定向金海沅展示以前的紀錄，並說明我們抹去了有關他夢想的記憶。

幾天後，金海沅又來到了圖書館。有別於上次看起來非常開朗的樣子，這次他的表情十分真摯。

「經過上次的諮詢之後，我對於未來的前途，有了更認真的想法。可能因為以前沒有用言語表達過這種想法，所以更覺得是如此。」

「我說啊，你需要知道一些事情。」

我向彗星偷偷地遞了個眼色，他從裝有諮詢記錄單的抽屜裡，拿出了寫著金海沅名字的記錄單。我從彗星那裡接過一張記錄單，然後把它直接交給金海沅。

「這是你幾個月前跟我們提及的煩惱。」

在他讀著那張記錄單的短暫瞬間，周圍安靜得連呼吸聲都聽不見。緊張的氛圍四伏，讓周遭的聲音都被吞沒了。當金海沅讀完時，他把目光從記錄單上移開，將視線轉向我們，並且提出了問題。

「所以，原來我的夢想是當小說家，並且不想因為這個夢想而受苦，所以拜託你們幫我刪掉它。我理解的對嗎？」

「嗯，很正確。」

「為什麼要給我看這份紀錄？」

「剛開始我也以為只要把你的記憶抹去，就能解決問題。」

「但是？」

「但是你帶著同樣的夢想出現在我們面前。如果放任不管的話，你會在不知道以前曾經有過相同苦惱的情況下，反覆去做這件事。」

所以我們才想要據實以告，讓你知道自己之前曾經做過一次這樣的決定。

「所以我們真的很想給你最後一次機會，讓你決定是要真正放棄夢想，還是選擇懷抱這個夢想繼續前進。」

「最後的機會？」

「如果你再次選擇抹去記憶，我們就不會再給你看諮商紀錄了。」

他輕輕地點了點頭，說：「原來是指這種意義的最後機會啊！」他表情嚴肅地緊閉著嘴，過了很久才重新開口。

「如果我選擇後者……」

「選擇後者的話？」

「……應該會重新經歷我以前的痛苦吧？」

「不能保證即使選擇前者也不會經歷。」

因為選擇前者的結果，就是現在的你。

「所以是繼續迴避，還是就此結束？決定權在於你自己。」

「真是無情啊！如果迴避的話，過去的我未免變得太令人惋惜了。」

「我們對此表示歉意。」

「沒關係，我只是說說而已。」

當不知道還要說些什麼，心裡只是嘆氣之際，站在後面的素媛突然悄悄地舉起手，問說自己是否可以再多說一句。

「嗯，雖說我當時並不在場，但是就我的理解，你是將未來的志願改為當醫生之後，仍然無法忘記當作家的夢想而痛苦不堪。即使刪除了記憶，最終也擁有了同樣的夢想吧？」

「雖然原本沒想過要改變未來當醫生的志願，但是看到這個記錄單後，覺得還是應該要這樣才對，這是為什麼呢？」

「如果是這麼強烈的夢想的話，放棄是不是太可惜了？聽說問題出在家人反對，可是並非所有人都想從事父母所期望的職業。」

事實上，我也希望金海沅能選擇後者，在話中暗示性地摻雜了這樣的想法。但是素媛乾脆明目張膽地說服他選擇小說家的夢想。

「在父母的支援下當上醫生，一畢業就宣布獨立。如果是我，即使和家人斷絕關係，也會做自己想要做的事情。」

「有了父母支持，才能有得償所願的環境做後盾，不是嗎？如果不是念醫學院，我可能連上大學的學費都拿不到。」

「所以應該要據理力爭，說服他們。你該不會沒有跟父母吵過架吧？或者說，當初沒有抓住他們說出你的夢想？」

金海沅避開素媛的視線，最終沒能回答那個問題。之前他以嚴肅的表情來找我的時候，我還以為他是因為和父母吵架而放棄了夢想，難道還有什麼隱情嗎？

「聽我哥說，以前我在家人共聚吃晚餐的時候，曾經說過不想當醫生。當我被刪除記憶，然後再聽到這句話時，曾經不明白這是在說什麼，原來就是這個意思。」

「當時沒有說過想成為小說家嗎？」

「如果真的說了，我哥也會轉告我吧。」

素媛似乎很鬱悶，假裝抓住自己的頭，用比剛才還要高的聲音向他猛撲過去。

「就是啊！因為害怕引起矛盾，所以一直在揣測。」

「但是父母每次都說我一定要當醫生。在那種氛圍下，可能沒有說出想成為小說家的話，因為我爸爸非常討厭這個職業。」

「這不是你的夢想嗎？你不主張的話，誰會聽進去？如果因為爸爸討厭而放棄的話，當醫生就會幸福嗎？完全不會。你當醫生的時候，會一直埋怨著父親。」

素媛的話中帶刺、充滿了情緒，不符合安慰的措辭，但是我沒有阻止那些話，因為這些都是我絕對說不出口的話。她的言詞鋒利，可以震撼人心，並讓人體會到自己的夢想彌足珍貴。所以即便我不完全認同，但決定暫時跟著煽風點火。

「我尊重你的兩種選擇，雖然以我的標準來看，我認為有更加正確的選擇，但我不想強迫你這樣做。」

是的。我希望他能追隨自己的夢想。這是我聽了素媛的話之後，才恍然大悟的部分。

「但是我認為重新抹去記憶並不是什麼好的選擇。」

金海沅每次聽到素媛的話時的不安眼神，在我說完後變得冷靜下來。但是比起感到挫折，這更接近於在判斷之前所產生的冷靜，更像是直覺到該做出決定的悲壯感。

「我現在還需要時間考慮，因為我剛剛才知道自己的夢想是當小說家。」

「隨時都可以做決定，甚至就算是畢業之前再決定也無妨。因為我知道這不是一件輕鬆的事情。」

「畢業之前不是三年級嗎？如果那個時候做出決定，也會是個問題。」

這個不是開玩笑的玩笑，稍微緩解了氣氛。在諮詢即將結束的氛圍下，彗星好像等待已久似的，向金海沅提出了最後的建議。

「為了你自己做出選擇。無論是過去、現在，還是未來，都做出令人滿意的選擇。因為如果選擇了只是滿足現在的你的方法，那麼其他時間點的你，有可能會埋怨你。」

「只是滿足現在的你的方法」大概是指放棄夢想的選擇吧！諮詢就這樣結束了，煩惱諮詢社成員之間出現了久違的和睦氛圍。這次的大型諮詢讓我們三個人形成共識的事實，比任何道歉的場合都有效。如果說上次的和解真的只是訴諸形式，那麼這次的和解除了形式之外，一切似乎都很完美。當然，素媛和彗星的關係並沒有突然變得和睦。

***

那個星期的週五，金海沅一回家後做的第一件事情，就是尋找以前自己寫過的日記。金海沅的房間角落有一本他從小就寫的日記。每當搬家時，他都會背著父母偷偷地保管好日記，並在自己房間的收納箱底部整整齊齊地堆滿日記。他拿出放在收納箱裡久違的日記翻看了一下。

「這樣看來，我進入高中之後，幾乎都沒有寫日記。」

他小心翼翼地翻開了第一篇日記的第一頁，出現歪歪扭扭的字體和幼稚的內容。翻過一頁又一頁，換了另一本日記後，字體越來越整齊，顯示寫日記的人逐漸成長。

每當讀書時，就會產生想寫這種文章的想法。如果成爲醫生，還有時間寫這樣的文章嗎？

我終於完成了一部短篇小說。對家人辯稱說這是在做績效評價[1]的作業。我將小說拿給朋友看，他讚嘆道：「這眞的是你寫的嗎？快點上傳到網路上。」

電視上出現我了喜歡的作家。父親把那名作家貶低爲「騙子」，關掉了電視。我在父親進入房間後，也沒能再打開電視。

我在網路上傳的短篇小說下方，出現了「期待作家您的下一部作品」的留言。我好想快點寫下一部作品。

我在志願表中填入了「醫生」這兩個字。我並不後悔沒能填入「小說家」一詞。我只是埋怨沒有試圖那樣做的自己。

寫小說的筆記被媽媽發現了。不幸的是，那本筆記被媽媽丟掉了。幸運的是，這本日記並沒有被發現。

在這學期的志願表中，我也填入了「醫生」一詞。除了我以外，對所有人來說，這是理所當然的。我的志願表除了「醫生」這個字詞之外，如果填了其他東西，馬上就會被刪掉。

電視上出現了描述作家生平的紀錄片。父親說，選擇貧窮的道路是對家人犯罪的事情。

我寫不出文章來。讀書也讀得力不從心。

1 譯註：韓國從一九九九年開始在小學、國中、高中導入績效評價制度，係指由學生親自解決提出的學習課題，評價執行過程和結果，目的是培養學生的創造力和解決實際問題的能力。

雖然那麼多日記內容都在高喊他想要的是什麼，但是沒有一句寫出他決定要成為小說家，並且已經做好心理準備的內容。海沅直到真正忘記了自己的夢想所具有的珍貴性，才發現即使刪除了記憶，那個夢想也不會輕易消失。如果自己不選擇這條路，一輩子只會埋怨他人。就像這本明明是自己的日記，但彷彿加入了更多他人視角的日記一樣。他這才明白若要活出能好好地埋怨自己、愛自己，以及相信自己的人生，就必須爭取自己的夢想。

耳邊傳來了媽媽叫大家快出來吃晚飯的聲音。海沅安安靜靜地，但是帶著至今沒有的覺悟走出房間，坐在了自己的位子上。相對而坐的是他的弟弟，旁邊有母親，視線再轉回來就能看到父親和哥哥。在開始問候每週五晚上回來的父親之前，他就開口了。

「我呢——」

他用平靜但帶著點顫抖的聲音說出多年來一直想說的話。

「我想成為小說家。」

母親避開他的視線，父親皺著眉頭，把拿著的湯匙放在桌上，發出噹啷一聲。

「你只是單純地不想成為醫生而已，可能是因為不適合自己才會這麼想。」

父親的聲音和往常一樣平靜，但每一句話都透著幾分犀利。

「但是，別說家人了，就連自身都難以堅持下去的職業也要選擇嗎？你又不是沒有學習天賦的孩子。」

「只是因為父親叫我要讀書，所以我才努力學習，也不是真的喜歡讀書才用功的。但是寫作不同，有人說我很有天賦，我上傳到網路的文章也很受歡迎……」

「念書時間都不夠的孩子，寫作的時間從何而來？甚至上傳到網路了嗎？你覺得支援你的家人很可笑嗎？」

「怎麼會可笑呢？如果我覺得可笑的話，就不會遲至今日才把話說出口了。」

「那麼為什麼現在才要說這件事呢？在念到高中，正式開始瞭解醫學院的這個時間點？」

為什麼是現在呢？如果沒有煩惱諮詢社，這個「現在」可能是上大學後，或者乾脆成為醫生之後。

「因為現在比起滿足家人的期待，我更想將自己的夢想放在首位。」

「那麼，你也知道我們沒有必要支持你的夢想吧？」

「我不請求大家的支援。只是希望大家能尊重我的夢想，才會這麼說出口的。比起在入學考試之前告訴大家，提前告訴大家的話，衝擊應該會小一些。」

「金海沅，你……」

海沅再也沒有說什麼。因為他似乎已經充分說出該說的話，如果再和父親對話，他害怕會在某個瞬間被迷惑，而要是聽從父親的話，就會像失去記憶前的自己一樣。

「我吃完了，就先離座了。我吃飽了，媽媽。」

「你馬上坐下！哪有大人還在說話就離席的，這麼沒規矩……」

在父親的話還沒講完之前，海沅就進入了自己把日記散落一地的房間。然後重新整理日記，放在收納箱裡。除了那本還沒寫完的最後一本日記以外。

「時隔許久終於有些話想寫進日記了。」

＊＊＊

再次來到煩惱諮詢社的海沅，做出了我們，還有自己想要的選擇。他開始去關注青少年可以參與的小說徵文活動。

「當然學業也不能疏忽。我打算以考上文藝創作系為目標。」

「是不是不用像以前那麼努力了？」

「確實如此。但其實並沒有一定非去念那個系不可的想法。無論念哪個系，似乎都能將所學的內容融入文章，這樣反而能寫出更豐富的內容。」

因為作家的文筆還包括個性，如果可以去念具有特殊或深度的學系，在作家生涯中將會增添許多閱歷。

「總之，我覺得這都是託你們的福。如果你們沒有給我製造契機的話，我可能好一段時間都不知道自己夢想的重要性。」

「謝謝你這麼說，真是感激不盡。」

早春時分有些令人不放心的故事，直到春天即將結束之際，才出現了超出我們想像的結局。

在這次的諮詢結束之際，我想起了今年春天我們曾經面對過，雖然有了結論，但是對結果無法釋懷的那些諮詢案例。繼而又想，或許機率非常低，他們會不會再次來找我們，告訴我們發生了什麼變化，然後會不會再次請求我們協助呢？

如我所料，在春天快要結束時，又有一個難以忘卻記憶的學生來找我們。

「我想諮詢一下，所以來了。」

劉海藍，真是好久不見的名字。

9 為了結束的告白

腦海中飄蕩著想說的話，但是欲言又止。在樓梯下亮起燈光的瞬間，那些話好像被切割成一個一個的字，失去了原本蘊含的意義。

她幾個月前曾因單戀問題來煩惱諮詢社找過我們。若說以前她講話時臉上會露出猶豫的神情，那麼現在就是直截了當地吐露自己的苦惱，甚至讓人感到她很著急，不像是我所認識的她。

「我想向他告白。」

難道是這幾個月內發生了什麼好事嗎？但是她接下來說的話，粉碎了我內心滋生的期待。

「我並不是希望一切順利。」

啊！妳是想要整理好心情而告白嗎？雖然想法不錯，但真正的問題卻不在此。

「你們不是說可以抹去記憶

嗎？這是事實吧？」

「那是什麼意思？不，話說回來，妳為什麼突然這麼說呢？」

「你們也可以讓人忘記被某人告白的事情，是吧？」

她似乎認為這是唯一的希望，只是反覆問「這是真的嗎？」這項傳聞只傳到了幾個學生身上；痛苦的記憶只要接受諮詢就會變得模糊。按常理來說，這是無稽之談，我們裝作不知道就得了，但是從我嘴裡先冒出來的話，不是抵賴這項傳聞，而是指責她這種想要把告白的記憶刪除的想法。

「妳知道自己在說什麼嗎？」

告白，然後刪除記憶，這跟獨自對著牆壁說話有什麼區別。

「我知道。雖然原本也清楚，但是試著說出口之後，確實明白了這是件卑鄙的事情。」

「他那邊還沒有察覺到，是吧？」

「也許吧！」

「但是妳的態度突然變了，他會怎麼樣呢？不是會莫名其妙地慌張起來嗎？妳一個人整理好情緒有什麼用。」

是啊！就像權多景和徐星那樣。即使是單戀，既然有情感交流的可能性，就是兩人的故事，不能任由其中一個人盲目地便宜行事。

「拜託我們抹去記憶之類的事情，連想都別想。反正也無法刪除。」

或許她也自知理虧，可能是一時間昏了頭才做出這種請託的吧！果然，她立刻低下了頭，輕聲細語地說出抱歉的話。

「對不起，是我思慮欠周。我一時失去理智了。」

還沒等我說些什麼，在一旁記錄的素媛就搶先說話了。

「嗯，也有這個可能。現在知道就行了。好，我們冷靜一下再談吧！」

以前，雖然素媛對別人的事情頗能感同身受，但要搭話的時候感覺就有點生疏，然而周遭不斷經歷各種事情之後，似乎逐漸發生了改變。

「總之，妳不是想告白嗎？是為了得出正確的結論吧？」

「嗯。剛開始覺得就算對方不理解也沒關係，但是從某個瞬間開始，不管用什麼方式，都想要先有個了結。」

「那麼，今天我們談談那件事就行了。」

「哪件事？」

「如何告白。」

正好這週有個活動，所以雖然是週末，但是大家都留在宿舍。海藍和她喜歡的對象，這個週末肯定也會待在宿舍。如果要安排時間的話，沒有自習課的週末晚上應該比較合適吧！

「週六晚上應該比較合適，想好告白時要說的話了嗎？」

「因為不期待能夠正式交往，所以只要傳達喜歡的心意就足夠了。」

剛才還以為她已經有自信了，為什麼現在表情看起來反而不確定了呢？我才剛感到疑惑，令人驚奇地，素媛就先向海藍提出了這個問題。

「妳這麼想的理由是什麼呢？」

「這麼想？」

「我是指妳認為不可能交往這件事。一般不是都會有所期待嗎？」

看到海藍猶豫的模樣，我腦海中瞬間閃過一種可能性。

「他好像另有喜歡的人了。」

原來她察覺到了。

「不久前我們班換了座位，所以幾乎沒有機會跟他說話了。雖然是同班同學，但見不了面，所以就以去見和他同社團的朋友為藉口，順便去找他。」

「妳在那裡聽到什麼了嗎？」

「與其說是聽到了，不如說是發覺他看某個女孩的眼神很不尋常。我怎麼可能不知道那是什麼眼神呢。我問了朋友，他們說在社團裡都傳開了。」

是啊！暗戀別人的心意，如果不是同樣的處境就無法理解。如果那個人是自己經常關注的對象，更是如此。

「妳發現這件事沒多久吧？所以，剛才妳甚至拜託我們刪掉記憶，想告白才來找我們的吧！」

「嗯，沒幾天。在那短短的時間內，各種想法都湧上心頭。再次感到抱歉，讓妳為難了。」

經過幾十分鐘交談得出的結論，簡單得讓那麼長時間的討論變得黯然失色。結論就是如實傳達劉海藍本人這段時間感受到的情緒。

「首先在週間發出簡訊，例如問說週六晚上以後，能不能在學校行政大樓的臺階上暫時見一面。」

「那會不會太像告白了？如果被對方發覺而不赴約怎麼辦？」

「唉，不會吧！也許……」

雖然話是那麼說，但從池世鎮的立場來看，在有喜歡的人的情況下，如果接到莫名其妙的人發送有著告白意涵的簡訊，肯定會拒絕見面的。

「……如果真的有困難的話，還有一個辦法。」

＊＊＊

「所以得出的結論，就是拜託我了嗎？」

我提出的方案，就是透過彗星去找池世鎮。既然決定要拜託彗星，就應該直接從劉海藍的嘴裡，說出她暗戀的對象是誰。果不其然，她喜歡的人就是池世鎮。

「不好意思，突然來拜託你了。」

「妳似乎沒有露出抱歉的表情喔！」

「你察覺到了啊！嗯，當初創辦這個社團主要就是因為你。這種程度的合作我們做得到吧！」

「妳比平常還要厚臉皮呢！是有什麼心情上的轉換嗎？」

「並沒有。」

「那麼，我們就這樣做吧！星期六約在二樓走廊，對嗎？我沒有手機，明天白天我在教室裡跟他說。」

「不如你申請一個手機號碼吧？」

「沒有必要吧！反正我當人類的時間並不長。」

也是，如果要長時間維持人類的面貌，相對就要吃那麼多故事和書本，很難找到那麼多的量。

「啊！還有，我星期六吃完晚飯，在劉海藍告白之前，決定陪她一起待在學校。她的狀態看起來很不穩定，自己一個人待著讓人有點擔心。」

「妳感到不安嗎？」

「因為她知道喜歡的人有單戀對象才沒多久。如果告白後都忘不掉對方的話，也許她會哀求我們連自己喜歡對方的記憶都刪掉吧！」

等等，這不是彗星想要的嗎？我懷著這樣的想法看著他，他不知道是否已經察覺到了，我還沒來得及說什麼，他就否認了。

「我說過了，我不會隨便亂說。」

「你是為了對得起良心嗎？」

「也不是突然說要對得起良心。話說回來，妳星期六去學校時，我也一起去，讓妳一個人去有點不安。」

「你是在擔心我嗎？沒什麼好擔心的。學校又不是什麼地下迷宮。」

「不是。萬一妳說錯了什麼，她還沒告白，就精神崩潰了……」

你這傢伙，之前說過跟我談話時會少點矯揉造作，結果完全不是這回事呢！

「我對諮詢很擅長，也沒有用言語傷害過對方。」

「你是在迴避我的問題，還是因為我冒犯了你，所以你一氣之下就強詞奪理？」

當然，從說話的語氣來看，似乎不是前者，但這句話的理由聽起來很單薄。是啊！我是最適合諮詢的人，也是最不適合的人。

「雖然我也不算太正常，但是人多好辦事。而且萬一出現問題，有我在那裡，不是可以保障安全嗎？」

「出現問題？」

「雖然沒問題的概率更高，但是如果教室的書架突然倒塌……」

「……真是多餘的擔心。」

經過一番思考，我決定徵得劉海藍許可帶彗星去。反正五感遠遠超越人類的他，如果暗地裡背著我來觀看我們會面的情況也不無可能。

＊＊＊

星期六晚上，劉海藍鎮定得幾乎看不出要告白的樣子。也許她自己也感受到了這一點，三番兩次地說，如果她因為緊張而做出奇怪的行為，就需要有人出面阻止。所以拜託我偷偷看著她，這讓我很尷尬。

「但是，我們暗地裡看也沒關係嗎？一般人都不願意別人看到自己告白的場面。」

「我該說的都已經說了。而且說實話，因為沒有什麼期待，所以與其說是告白，不如說是吐露我的苦惱。雖然問題在於讓我感到苦惱的對象是他。」

「但是，或許也有可能不是真的告白，所以如果你們覺得不是，就偷偷給我使個眼色。時間快到了。林彗星跟池世鎮說在二樓臺階上見面，我們現在慢慢走過去吧！」

離見面還有幾分鐘，劉海藍以僵硬的姿勢站在樓梯上，等待池世鎮的到來。我和彗星決定站在連接走廊和樓梯的門後面聽他們兩個人的對話。原本籠罩著黑暗的一樓樓梯間，突然亮起了燈光。這是有人從這裡走上來的信號。我們原本是躲在牆壁後面，但是因為怕被發現，所以把海藍留在原地，小心翼翼地走到走廊裡面，一直走到只能勉強聽到對話的距離。

＊＊＊

所謂的一見鍾情，就是從某個瞬間開始就喜歡上對方的告白。雖然知道自己很自私，但是希望繼續保持親近的關係。腦海中飄蕩著想說的話，但是欲言又止。在樓梯下亮起燈光的瞬間，那些話好像被切割成一個一個的字，失去了原本蘊含的意義。直到池世鎮的聲音在耳邊響起後，我們恍惚的精神才會再次變得清醒。

「海藍？妳為什麼在這裡？妳沒看到林彗星嗎？」

哪怕是現在，只要林彗星在那裡，並且指著走廊，所有人都會當作什麼事都沒發生過嗎？不，事情都已經走到這一步了，不能這樣吧！想到要做個了結，想到要結束所有痛苦的事情，暫時忘記了告白，竟是如此的沉重。當世月問道：「我們暗地裡看也沒關係嗎」時，難道不應該重新考慮一下嗎？

「是我拜託林彗星，請他把你約到這裡來的。」

「是妳？那為什麼妳不親自約我呢？」

「……因為我擔心或許在你來赴約之前，會意識到我可能想要告白。」

池世鎮會做出什麼樣的表情呢？肯定不是個好表情。就像晴天霹靂一樣，這是突如其來，讓人感到驚慌的事情。但是當他再次抬起原本低著的頭時，表情看起來比預想的要好得多，讓我比突然被告白的他，更感到驚慌失措。

「其實我知道。」

「嗯？」

「因為不能先說，所以一直保持緘默。」

是啊！充滿愛意的眼神是什麼樣子，他怎麼可能不知道呢？就像我從他眼裡看到了他對另 個女孩的愛戀。他怎麼可能看不出類似的情感，甚至無法察覺那是指向自己的呢？只是希望他不知道而已。

「對不起。」

「沒關係，我預料到了。」

她沒有問他為什麼會那樣預料。

「我對妳從來沒有這樣的心意。」

「我知道。」

「還有，雖然僅止於我自己的單戀，但是我有喜歡的人。」

「能不能取代那個人，換成喜歡我」的話暫時掠過海藍的嘴邊，但她知道那是不可能的。因為知道這是比小時候的耍賴更幼稚的請求，所以閉口不談。

「我說啊！」

「嗯？」

「告白的時候，想說的話真的很多。」

但是當下卻沒有任何一個想得起來。一開始想說什麼來著？她不想連一句喜歡的話都沒說，就只聽到被拒絕的理由。哪怕只有那樣一句話，也想說出來再結束對話。

「希望你不要因為今天的事情而疏遠我。」

「我會努力的。」

「即使不是像以前那樣能夠每天說話、笑鬧的關係也無妨。只要是能若無其事聊天的關係就好。」

「如果是那樣的話，應該有可能。」

最重要的一句話反覆梗在喉頭又消失了。她使出渾身解數，硬是把宛如幾度潮起潮落般來來回回往返的話說出口，然後馬上吐出一口氣來。

「我真的很喜歡你。」

他沒有做出任何回應。

「如果不說出來，感覺自己無法獨自結束這份感情。」

＊＊＊

當對話進行到此時，我和彗星決定停止躲起來觀察他們兩個人。我抓著他的衣袖，拉著他向前走，但是他靜靜地站著不動，看著我的臉。

「收回妳剛才說的話。」

「什麼話？」

「我覺得妳比我想像中變了許多，看來不是很勉強啊！」

「所以你到底想說什麼？」

「如果是以前的話，這種程度的事情，我應該會當作若無其事的。因為在比這更嚴重的事情上，妳都沒有出現過那種眼神。」

那種眼神是什麼眼神，我怎麼會知道？我不知他在說什麼奇怪的話，只是輕描淡寫地忽略他的話，轉移了話題。

「事情哪有什麼嚴肅不嚴肅的，都是需要協助解決的苦惱。」

「不要轉移話題。妳現在照照鏡子，就知道我在說什麼了吧？」

天色不知何時變得這麼黑，為了讓大家看外面花壇的窗戶，不知不覺地映射出學校內部。當我看到自己映在玻璃上的臉孔時，這才明白彗星說的是什麼意思。從窗戶的玻璃上，可以看到我露出一副自己無法理解的表情，不知道是傷心，還是安心，看起來十分混亂的神情。

夜風從窗戶的縫隙中吹了進來。突然寒氣襲來，我一下子打起了精神。重新看著窗戶時，一度尷尬的臉龐，又回到了原來的模樣。

「我們回去吧！因為如果被池世鎮發現，可能會很不好意思。」

劉海藍現在是什麼心情呢？應該不是輕鬆的心情吧！首先會感覺到悲傷吧！就算是已經了然於胸的事，也不會完全不受到衝擊。同時，考慮到雙方關係不會完全破裂，說不定會稍微安心一些。好吧！就如同我現在所感受到的一樣。

那天也是我首次在猜測某人的感情之前，就理解到了那是什麼。這個事實也說明了我在煩惱諮詢社的工作中，不停地改變。我必須承認並且接受它。我正在變化中。也就是說，這是一個給了我擺脫熟悉的悲劇的跳板。

10 他和她的結局

不知從何時起，我會對前來諮詢的學生深有同感，並且產生共鳴。然而，十多年來從未做過的事，為什麼如今甚至能達到有所共鳴的程度呢？

從那以後，劉海藍就沒再來過煩惱諮詢社。雖然與童話般的大團圓結局相去甚遠，但我認為迎來這種不冷不熱的結局也不錯。然而，短暫的和平也只是暫時的，我們再次迎來了熟悉的學生。是那位分明已經刪除了記憶，我以為從此不會再找上門來的權多景。

「坦白說，雖然可以說是庸人自擾的煩惱，但是對我而言卻事態嚴重，所以想來諮詢一下。」

回想起上次的事情，現在這個擁有瑣碎小事也會對別人傾吐想法的他，似乎好多了，真是萬幸。在聽到他的煩惱前，我如是想。

「從不久前開始，只要我一人獨處，就會有個女孩子一直來找我搭話。自從你勸告我不要待在偏僻的地方之後，我通常都會和朋友們在一起。但是最近因為期末考試，我一個人待著的時間變多了，她找來的頻率也增加了。」

某個女孩，即使沒說是誰，似乎也不言而喻。

「雖說是增加，也只是幾天一次的程度，但感覺她是毫無緣由地來接近我，讓我心裡有點負擔。若說是想跟我變得親近，似乎又沒特別表現出來。」

「那麼，你想怎麼做呢？你是想好好相處，還是希望她不要再去找你？」

「嗯。雖然親近起來也不是件壞事……但無論如何她的某些行為總是讓我耿耿於懷。我又不知道她是誰，但她就像對我犯了錯般地對待我。」

徐星來煩惱諮詢社時，我曾向她建議說：「應該能裝作彼此有點認識吧？」然而，若能將她的罪惡感如實傳達給權多景，故事的發展將會截然不同吧！

我對權多景說：「先觀察一下吧。」之後又追加一句：「如果感覺沒有好轉就再過來」。他一離開圖書館，素媛就輪番看著我和彗星，嘆了一口氣。

「雖然看起來比第一次見面時好很多，但是問題在於徐星。從她的立場來看，事情根本就沒有解決。」

「這樣看來，世月，徐星不是經常來找妳嗎？我知道從那天以後她一直來找妳。」

她從那之後接受了我的諮詢，為期約一個月。結果令人驚訝地，直到現在，病情好轉到讓人認不出來的程度，自殘也幾乎沒有。但是似乎沒能完全從對權多景展現自己那種面貌的衝擊中擺脫出來。

「我建議徐星假裝認識權多景，因為如果連這點樂趣都沒有，徐星看起來馬上就會崩潰。」

「那麼，現在呢？照這樣下去，權多景和徐星都會受到傷害的。」

素媛的話是對的。兩個人絕對無法變得親近。如今，徐星即使沒有權多景也能堅持下去，但權多景卻因徐星而陷入了混亂，該是結束的時刻了！

「最近徐星的狀態似乎大有改善，應該不用來諮詢也可以。無論如何，遲早得定個日子。」

「定日子？」

「我想建議她，看要不要把記憶抹掉？」

不出所料，素媛的表情變得僵硬而蒼白。但是她與權多景當時的情況不同，沒有對此事多說一句話。彗星看起來也似乎有所顧慮，看來想法類似。再考慮看看吧！對徐星而言，權多景真的是可以抹去的存在嗎？在諮詢的過程中，我充分明白對她來說，他是多麼特別的存在。看著談論權多景的她，都能讓我感到幸福的程度……啊！不是的，她看起來很幸福。對她而言，他就是全部。

不知從何時起，我會對前來諮詢的學生深有同感，並且產生共鳴。然而，十多年來從未做過的事，為什麼如今甚至能達到有所共鳴的程度呢？仔細一想，我不曾在這麼短的時間內，傾聽這麼多人內心深處的故事。或許是過去幾乎鮮少有機會觸發共鳴的情緒，因此沒有練習產生共鳴的機會吧！然而，共鳴也不是從一開始就能練習而得。初生嬰兒在媽媽哭的時候，就會跟著啼哭，這是與生俱來的本能，而非透過努力獲取的能力。所以我知道，這不是真的。就像吃故事時的彗星透過味道感受他人情緒一樣，我也只是停留在那種程度的水準而已。

「今天就到此為止，我們解散吧！晚飯時間快結束了，圖書館關門的時間也快到了。」

「世月妳先走，我有話要對他說。」

一直吵吵鬧鬧的兩人，竟然有話要說！我忍住掛在嘴角的好奇，連忙丟下兩人離席而去。

＊＊＊

憑直覺就能得知，素媛現在想對我說的話非同小可。她露出和世月在一起時，截然不同的凶惡眼神。

「那個故事的話怪，是你沒錯吧？」

「嗯？」

「把對孩子的記憶完全抹去，讓孩子變成不存在於村子裡的人的話怪。」

我頓時屏住呼吸。該怎麼回答才好呢？但是她真的以為我會如實吐露出來，才這麼問的嗎？

「進入煩惱諮詢社後，我動員所有的人脈蒐集訊息，但最近全國各地都沒有人再見過話怪，留下來的紀錄，也只有當時的故事。」

這真的可能有危險。如果她知道我真的做過那種事，而不是有做的可能性的話，素媛真的會撲上來殺了我。

「所以我想了想，就算可以抹去記憶，但是受限於必須獲得許可的話怪，真的能夠不著痕跡地活動嗎？避開所有的巫師和驅魔師的眼睛？」

這也不是隨便就能威脅得逞。不，仔細想想，威脅也是要對對方有用才行。

「我的結論是這樣。話怪就只有你一個。換句話說，從一開始就沒有其他話怪存在。話怪這個名字也是為了掩飾吃記憶的你這個怪物所取的。」

從第一次見面開始，我就應該察覺到才對。儘管不能以武力壓制彗星，但憑藉著她知道僅話怪的存在有一次的紀錄，就應該知道她是個不尋常的人。心裡存著先近距離觀察再加以因應的安逸想法是不行的。

「我的意思是，紀錄中的話怪應該就是你！」

話音剛落，素媛就從口袋中掏出符咒向下插入地板。就像第一天見面時讓牆壁裂開一條縫般，插著符咒的地板上傳來啪的一聲。我伸出手想拔掉符咒的瞬間，從指尖傳來了刺痛的衝擊。

「這是從母親的師父那裡得來的符咒。會對非正義的一切做出反應。你最好別威脅我，也別靠近我。」

雖然被擊中也不會死，但如果受傷，為了治療，勢必得費一番唇舌，如此一來，我以林彗星模樣生活的日子，恐怕維持不了多久。那麼，在這個煩惱諮詢社的生活也會宣告結束。

「為什麼不直接把符咒扔到我身上？」

「因為我沒有要傷害你的想法。」

似乎就在幾天前才為了殺死我而四處奔波，但正式擁有了驅趕的能力，反而沒有傷害我的想法？

「最近的你，一個故事都沒吃過，其間甚至機會還不少。」

「……我不否認。」

「這次好像也不是很願意吃掉記憶。」

「這我也無法否認。」

「那麼，究竟是為什麼？」

問我為什麼不喜歡吃記憶？怎麼可能會不喜歡呢？吃故事時的感受，是唯一能讓我切實感覺到自己還活著的方法。最近原本就餓得慌，餓到一個故事都嫌少的程度。然而我最近厭惡吃別人的記憶也是事實。因為在這裡，久違地與人們見面交流，曾想忘卻的記憶全都浮現在腦海裡。沒錯，這是最大的原因。這是我吃別人的故事時，必須獲得某人許可的理由。可以說是我很珍惜的唯一一個人，每當想起有關他的記憶，每當看到和他處境相似的某人，我都會回想起格外黑暗的森林風景。在這世上最悽慘、最膽怯的那個夜晚，以文字留了下來，想擦掉卻怎麼也擦拭不掉的記憶。我為什麼不能吃掉自己的記憶呢？

「我必須要告訴妳嗎？」

「果然是有原因的。」

我放棄做出既不否定也不肯定的反應，靜靜地點了點頭。雖然素媛看起來還是相當不滿，但過沒多久，她輕嘆了一口氣，重新撿回了鑲嵌在地上的符咒。

「只要不是單純的反覆無常就行了。我先走了，你自己鎖好門吧。」

「一個人鎖門很麻煩。」

「……到最後還要無賴。」

＊＊＊

之前剛結束與徐星的諮詢時，才覺得她的狀況似乎好多了，而現在的她一臉開朗的表情，再難找到憂鬱的感覺。

「我覺得比以前好太多了。雖然每到週末看到父母的臉時，心情會再次低落，但沒有比待在學校更快樂的時刻了。」

「聽到妳這麼說，我感到很欣慰。咦，妳現在手裡拿著的是什麼？」

「啊！這個？美術社用的素描本。因為社團結束後我直接過來，所以還帶著。」

當被問到能不能看一下時，徐星假裝拗不過我，打開素描本，給我看了前面幾張。在特別強調開在石階間的野草和野花的停車場後面，有一張放置在正中央的白色長椅，這是讓人印象深刻的宿舍庭院。我聽說過這個風景。她在畫中彷彿也畫著他。瞬間，我好不容易忍住了激動的表情。

「所以有什麼事嗎？正好我也有話要說。」

「有話要說？」

「這次的新書目錄中，我想知道會不會接受繪畫相關的圖書申請。我有很多想預約的書。」

「當然可以。也有人申請漫畫書系列呢！」

「也有人申請漫畫書？」

「經常只在學校與宿舍之間來來去去，肯定非常無聊。這點程度的樂趣，學校也會關照吧。」

「那倒也是。那，妳來找我有什麼事？」

「最近權多景來過煩惱諮詢社，因為那件事來找我諮詢。」

剎那間，徐星臉色變得蒼白。啊！我這麼說的話，她可能會誤以為是他恢復記憶，才去煩惱諮詢社。

「不是恢復記憶，只是在諮詢當中提到了妳。」

「我？為什麼？」

我說明了他對徐星的接近感到心裡有點負擔這件事。一聽到她讓他感到為難，徐星低下了頭，一臉快哭出來的樣子。

「……看來是我太貪心了。」

「如果妳是不自覺的行為，在我看來，現在最好還是先和他保持一點距離。」

「那樣也好。萬一因為我而讓他想起那段回憶，可能會讓他再次陷入痛苦。」

如果做得好的話，應該可以不用抹去記憶就能解決吧？但是接下來她的回話很快就打消了我這種安逸的想法。

「要是我也能把他給忘了就好了。」

「什麼？」

「既然在同一所學校，以後可能還會經常碰面，如果讓我一個人獨處時，都不能假裝認識的話，我能堅持得下去嗎？」

她彷彿讀出了我的想法似的，說出來的話瞬間讓我心臟怦怦地劇烈跳動起來。之前徐星來諮詢的過程當中，內心某個角落的一個祕密屢屢內疚地刺痛著我，那就是隱瞞了我們故意抹去權多景記憶的事實。

「如果真的能夠忘記呢？」

「怎麼可能？」

「包括妳跟他一起的過往、妳帶給他的傷害，以及到現在為止的思念等事實，假使能全部遺忘，妳還是要那麼做嗎？」

一般人可能會說這樣妥當嗎？嘲弄或不以為然地一語帶過，但是好像那句話能救贖她似的，徐星一把抓住了我的手。

「真的有可能那樣嗎？」

「如果可能的話，妳會那樣做嗎？在妳回答我之前，我不會告訴妳。」

「……我只問妳一個問題。」

幾秒鐘過後，腦海中響起了在我充分預料之中，但還是讓我十分震驚的問題。

「權多景也得到妳的幫助了嗎？」

因為不想隱瞞真相，我立刻點了點頭，算是回應了她的話。然而，徐星說出的話完全出乎我意料。

「謝謝。」

「嗯？」

「因為讓他不會因為我的失誤而更加痛苦。」

對徐星而言，不知不覺中，他已經成為比自己更珍貴、可以把自己的狀況拋諸腦後的一個存在。這麼看來，她畫出了和他在一起的空間，卻不曾直接把他畫出來。她的愛情充滿了罪惡感，現在處於難以完全展現出愛情的狀態。對她來說，對權多景的愛已經不是救贖了。

「我不想讓好不容易因為妳而恢復活力的他，又被我打垮。」

「真的沒關係嗎？」

「嗯，真的沒關係。所以，如果可以的話，可以幫幫我嗎？」

＊＊＊

第二天中午，我帶著徐星去找彗星，請他抹去她的記憶。她沒有問如何抹去記憶、也沒問彗星的真實身分是什麼，只是坐在諮詢室的椅子上，靜靜地凝視看著自己眼睛的彗星。

「這樣就能抹去記憶嗎？」

「嗯，一下子就好。等一下妳會連為什麼來這裡都想不起來。」

過沒多久，彗星的眼睛慢慢染上了熟悉的紅色。雖然沒有發出任何光，也沒有聲音，但是看到徐星慢慢地閉上眼睛，我直覺到一切都結束了。過了一會兒，徐星睜開眼睛時，她看到身邊的我們，驚慌地從座位上站了起來。

「啊，怎麼了？我為什麼突然在這裡？」

「嗯？剛才不是還在諮詢嗎？不記得了？」

「諮詢？那不是不久前就結束了嗎？你們倆為什麼會在這裡？」

「啊！為了確認現在的狀態如何才叫妳來的。妳說睏了想睡一下，所以我們把諮詢室空間留給妳。可是他忘了帶東西，所以又折回來拿，不好意思吵醒妳了。」

「真的嗎？但我怎麼一點印象都沒有，真奇怪……。」

由於記憶被抹去，現在可能處於略微迷糊的狀態。雖然是卑劣的藉口，但這種程度的話，矇混過關應該沒問題吧！我拉著因頭暈而難以起身的徐星的手，送她到圖書館外面。

「林彗星，我送徐星出去，你整理整理，幫忙處理一下圖書館業務……」

那一瞬間，我從他臉上看到了令人難以置信的情景。從最初淚腺毫不存在的他的眼角開始，小小的淚珠慢慢地流淌而下。

「你在哭嗎？」

對不起。不知道對誰說的話，從他口中說了出來。當然徐星肯定心裡也很難過，但他又不是徐星，或許是瞬間被同化的因素，才會呈現出那種反應？

看到行動熟練無異於常人的他，我以前對他的感覺是什麼？既噁心又討厭。輕率且隨心所欲地做事，跟我討厭的自己的樣子很像。但是，在類似情況的現在，我感受到了與當時完全相反的心情。我想對連自己哭了都不知道的他說，我也和你差不多。就像是在對他說「你變了，當然我也變了」的話。但我真的還很害怕說出這些話，因此我一聲不吭地偷偷嚥下了想講的話。

「和上次的反應不一樣吔！是那麼悲傷的情緒嗎？」

「雖然不同，但與其說是因為這個……」

當他吞回想說的話時，我確信即使再怎麼搭話，也無法再從他那裡聽到隻字片語。

因此，我放棄了繼續談話的念頭，安靜地關上諮詢室的門，打算走出去，直到他抓住我的胳膊。

「妳在這裡待一會兒。」

「怎麼了？難道你需要安慰？」

「因為我有話要說。」

有什麼話急到要在這麼慌亂的情況下講呢？他好像不曾哭過似的，毫無任何眼淚的痕跡，回到了原本的沉穩狀態。

「難道尹素媛什麼話都沒跟妳說？」

「什麼話？沒說過什麼特別的。」

在我剛想問他到底要說什麼的時刻，彗星再次開口了。

「以前聽尹素媛說過吧？話怪曾經讓一個孩子在原本居住的村子裡，成為不存在的人。」

「是的。所以尹素媛對我說不要和你太親近。當然也有這種危險，但世界上所有的話怪不見得都是那樣的。」

「那個故事中出現的話怪，就是我。」

「什麼？」

「反正被發現了，與其聽尹素媛說，不如我親自說出來會比較好。」

如果是林彗星那樣的口才，瞞過我們是輕而易舉的事。已經是過往的事，也沒有明確的證據，不是嗎？但是他不僅乖乖地承認，還直接親口告訴毫無所悉的我這件事？

「為什麼那麼溫順地說出這件事？有什麼心境上的變化嗎？隨便糊弄回應一下尹素媛不就得了？」

「真可惜，我不想輕描淡寫地糊弄過去。」

彗星輕輕地調整了一下呼吸，將視線轉移到放在桌上的日曆。

「妳這個週末也會留在學校吧？星期六晚上見一面吧！」

「現在不能說嗎？」

「這件事說來話長，需要花費一點時間。馬上就要敲鐘了，我沒有信心能在這麼短的時間內說完。」

他好像真的打算好好談一談。是啊！如果是個冗長的故事，找個日子好好傾聽會好一點。

那天過後不久，權多景來到了圖書館。為了告訴我們每次都來的女孩不再出現了這件事，他似乎如釋重負地說道：「現在不會再有讓人感到負擔的事了。」但不知是否心中隱約有無法釋懷的角落，他的表情流露出些許茫然若失的感覺。萬一權多景能在不失去記憶的情況下克服心理創傷，與徐星回復到原本關係的話……這種揣測著不會發生的事的非理性判斷，為時已晚地從我腦海裡蹦出來。事到如今才察覺自己的魯莽而感到遺憾的我，產生了說不定兩人會有不同結局的想法。關閉邁向那個結局的道路，能安慰一無是處的我的唯一長處，就是以我的方式，不受感情影響而做出判斷。

11 孩子，以及話怪

孩子不再記得自己剛才盯著我看，也不記得自己小時候在樹林裡迷路過。就在那一天，我感覺到從出生開始折磨我的飢餓感，第一次消失了。

從星期六一大早，我就在等待著晚上的到來。離期末考沒剩多少天了，我抓緊時間努力考前衝刺，好久沒這麼集中精力準備考試了。鬼使神差似的，直到晚上之前，彗星和我連偶然相遇都沒有。

素媛在中午那段時間，看起來完全沒有要對我提及彗星所說的那件事的跡象。我還以為她會恫嚇我說「很危險，不要再和彗星相處」呢！這到底是為什麼呢？但是我也不能明目張膽地問她，我所能做的，就只有直直盯著比平時更顯淡定的素媛的臉。

「我的臉沾上了什麼東西嗎？」

「沒有，沒有。快要考試了，妳似乎看起來很悠閒的樣子。」

「我不是個很在乎成績的類型。但一不小心就會拿不到零用錢，所以還是必須取得某種程度以上的成績。」

「妳知道所謂某種程度的成績，跟我的相比有多高吧！」

之後我們也只是閒話家常。這些話平淡得讓人懷疑我們是否彼此都在隱瞞些什麼，所以為了揭發真相，我更加絞盡腦汁，但卻一無所獲。我們從自動販賣機飲料中哪個最好喝的話題開始，到考試範圍比想像中來得少，因此很難抓題的輕微不滿為止。

「晚上妳要做什麼？我打算念點數學，要在諮詢室裡一起念嗎？」

「我今晚有約，明天怎麼樣？」

明天也不錯。這是那天我與素媛的最後一次對話。她沒有追問那個約是什麼，不過她也知道我會約的對象，只有她和彗星。

雖然彗星沒有說明場所，但我還是自然而然地走向圖書館。因為彗星和我相遇的場所，除了那裡，我想不出其他地方。圖書館只有裡側的一個電燈亮著，從遠處看，暗到無法讓人覺得燈是亮著的。我突然想起了第一次見到彗星那天，在漆黑一片的圖書館裡，與他相對而視的那個時刻。那天他在日光燈下閃現的鋒利虎牙和紅色眼睛的臉龐。

有別於當時，現在的彗星渾身上下反而很難找到異常之處，完完全全是人類的形象。

「我想起了第一次見面的時刻。」

「請忘掉那個時刻吧！」

彗星坐在圖書館角落的沙發上。他放下憑藉著昏黃燈光正讀著的書，假裝撣去旁邊座位上的灰塵要讓我坐。我以眼神催促著他快讓我坐下來，並且有話快說。看到我的眼神，他才輕輕地調整呼吸，然後開口了。講述一個我完全想像不到，但對他而言也是件相當久遠之前發生過的故事。

＊＊＊

我的記憶始於月光也無法照射進去的蒼鬱森林。有很長一段時間，我既不思考也不行動，就只是望著一成不變的周遭風景。連一隻老鼠都很難看到的這個地方，偶爾也會有人類出入，而我每次看到他們，都會有這個人長這個樣子，上次來的男孩也是這樣的臉的模糊記憶，然後我會嘗試把自己的身體塑造成和他們相似的形狀。那是件比想像中更加費力的事，但當時的我不知道用什麼方法來補充自己的力量，只能過著無法消除飢餓的生活。腦海中只反覆出現一句話：如果想擺脫飢餓，就吃個故事吧！

那天是我第一次成功用人的雙腿走路的日子。我突然領悟到，只要從一直待著的位置稍微脫離出來，似乎就能一瞬間看到相似又新穎的風景。我與一個不知危險而獨自走進樹林深處的孩子四目相對。可能是因為當時我的模樣是個小男孩，對方不僅不怕我，反而很親切地對待我，甚至到了讓我瞠目結舌的程度。

「你迷路了嗎？」

雖然是第一次有人對我說話，但我一下子就聽懂了這是在擔心我的意思。我知道人類的語言。不，仔細想想，當初應該不可能知道的，但我卻從一開始就知道那是人。彷彿是有人才能活下去的存在一樣。對自己竟然能理解從未聽過的語言而感到神奇的一剎那，不知不覺間我被那個孩子拉著走出了森林。

過了很長一段時間後，再次仰望的天空和我待過的地方不同，樹木之間寬敞到可以看見星群。高掛在天上的一顆星星以肉眼難以追趕的速度迅速移動著。不，與其說是移動，不如說是在墜落中。我連走路都忘了似地眺望著那情景，那孩子看到突然停下來的我，好像想知道我在看什麼，一起望向天空。

「哇，我第一次看到彗星掉下來。你也覺得很神奇才看的吧？」

原來那個叫彗星啊！當我知道掛著長長的尾巴，悠悠地朝四方散發著光芒的東西被叫做這個名字時，這個名詞纏繞了我整個神經。

「你從哪裡來的？」

「這片森林。」

「不是，我是問你是住在哪個村子裡的孩子？還是沒有可以去的地方？」

「可以去的地方？」

我一直待著的地方是在樹林深處，但才剛一出來，我就隱隱產生了不想再回到那裡的心情。

「嗯，沒有。」

「那麼，要不來我們村子住？養活一個無處可去的孩子應該沒問題。」

村子就是有很多這樣的孩子的地方嗎？他開懷笑著說「到我們村子去吧」的嫩白臉龐，在月光照耀下發著光。我原本眺望天空的視線，現在轉移到了那個孩子身上。我想跟著去，想在這個開朗的孩子旁邊待著，而不是回到那個黑暗的地方。那是我出生以來第一次擁有的欲望。

「話說回來，你叫什麼名字？」

「名字？」

「我要怎麼稱呼你？」

原來是在說稱呼啊！這是有需要被呼喚的人，才有必要擁有的。原以為會獨自在森林裡度過一生的我，從未考慮過這個問題。還是好好取一個名字比較好，也許會是我從別人口中聽到的最多的話。若是那樣的話，我剛才學到了一個。

「我的名字叫彗星。」

「很好聽的名字。如果是這個名字，剛才看到彗星的時候，應該感觸頗深吧？」

「有點。」

話說到此時，我們已經不知不覺地走出樹林，來到了村子附近。遠處看到的黃色火焰向我們招手叫我們過去。那個孩子叫「媽媽」的女性問他有沒有受傷，並且緊緊地擁抱著他，好一會兒之後才看到站在後面的我。

「那個孩子是誰？」

「他好像迷路了，所以我把他帶回來。我問他住在哪個村子，他回答不出來，感覺似乎是不記得了。」

「哎呀，真可憐。可能是在森林裡迷路被嚇到了。可憐的孩子……暫時留在這裡吧！就當作是你的家，安心地生活就可以了。」

那天後，我的一天完全變了。在陽光下醒來，與那個孩子手牽手，和看似同齡的其他孩子一起玩不曾玩過的遊戲，度過了整個白天。到了晚上，我為了看星星而偷偷跑出去，但他不知怎的發現了，過沒多久就跟著我出了門。

「現在還是不記得原來住在哪裡嗎？」

「嗯，想不起來。」

「不用太擔心。不管是一個月還是一年，我都會在旁邊幫你。」

那個孩子不知道我在欺騙他，用惋惜的眼神看著我。我不討厭那個眼神，從某個瞬間開始，我的眼中不再有星星，只是全神貫注專心與那個孩子對話。我們之間的對話經常很類似。他總是問我是否還沒恢復記憶，而我總是回答：「還是一樣。」他為了安慰我，說盡了各種好聽的話。

然而，平順的日常生活，就在某一天開始扭曲。他第一次跟我說起他個人的故事，他說自己小時候常在森林裡迷路，現在回想起來，真是非常丟臉的回憶。看著他笑著說到被夜晚樹林裡穿梭來回的鳥兒們的動靜，嚇得往後倒下時的表情，我跟著微笑。

然後在那一瞬間，被遺忘的聲音再次對我說話，叫我吃掉他的故事。當時的他有多驚嚇、有多害怕，而另一方面又多有趣，難道你不想知道嗎？那個聲音說。當我回答想知道的瞬間，眼角周圍瀰漫著陌生的熱氣。當我盯著他看時，他露出有別於剛才的笑臉，而是難以想像、截然不同的木然表情，奇怪地目不轉睛地盯著我看。縈繞在我眼裡的熱氣發散到了全身上下。與此同時，我不可能看過的，獨自探險黑暗森林的孩子的記憶，在腦海中迅速再生。這分明就是剛才孩子親口說的故事沒錯。但是孩子不再記得自己剛才盯著我看，也不記得自己小時候在樹林裡迷路過。就在那一天，我感覺到從出生開始折磨我的飢餓感，第一次消失了。

我下定決心再也不用那樣的方式吃掉那個孩子的記憶了。因為與吃掉它相比，不如透過孩子的口中聽故事更有趣。如果他因為被我吃掉了記憶，而失去了那些記憶，那我就再也無法聽到那個孩子用他的聲音來講述那個故事了。過沒多久我就察覺到，從第一次與他見面的那一刻起，我就對他相當執著。為了聽他的故事，我會一直等到晚上。但是他一到晚上就必須要睡覺，他和我說話的時間太短了，不能滿足我。雪上加霜的是，隨著時間的推移，當與其他孩子玩耍時，他照顧我的頻率就越來越低。

「彗星啊！如果太依賴我，你就沒辦法和其他孩子好好相處了。」

「但我只要有你就足夠了。」

「雖然很感謝你的心意，但人不能只仰賴另一個人生活。為此，你試著和其他朋友一起玩耍如何？」

那麼，我之所以只執著於這個孩子，是因為我不是人類嗎？是因為如此，所以我除了他之外，不想和任何人相處嗎？看著別的孩子時，我只有一個想法：煩人。但是最近，我開始對這些孩子產生了一種不同的情緒。我嫉妒他們知道我所不知道的那個孩子的過去。我不能保證我一追問孩子過去的故事時，他就會講給我聽，而且如果吃掉記憶，直接聽他講的機會就會永遠消失。那些孩子不用付任何代價，就分享了他的故事，因為他們一起度過了好幾年的時光。

在我瞭解那是愚蠢的想法之前，發生了第一次事故。我與一個質問「為何他最近都只跟你在一起」，號稱是那個孩子的好朋友發生了爭執。那孩子半炫耀半吹牛地說自己和那個孩子光是去溪水玩就超過數百次了。就像即使肚子不餓，但看到美食還是會垂涎欲滴、吞嚥口水，我在聽到他的話的同時，靜止不動的飢餓感頓時漲滿了全身。

「所以說啊，來自其他村子的你，不要想一個人獨占他……」

沒等他說完，我眼珠裡的熱氣傾湧而出。一如當時，他的表情與我第一次吃掉記憶時的孩子同樣木然。流入我腦海的記憶中，有歡笑著朝四方潑水的孩子。似乎沒有所謂的節制，我很快就吃掉了他與孩子共享的所有記憶。與一開始不同，即使吃了那麼多故事，但允斥全身的飢餓感絲毫沒有停止的跡象。我抓住周圍孩子們的手臂，重複地吃著他們內心有關孩子的記憶。當我回過神來時，不再有人在我周圍計較著叫我不要獨占孩子。因為他們都不記得那個孩子了。

這樣還不夠。我從那群人裡走出來，抓住路上偶遇的任何一個人，把他們有關孩子的記憶全部吃掉了。當踩在地上的腳支撐不住長時間的跳躍而發抖時，我已吃掉了所有人有關那個孩子的記憶，除了孩子的媽媽以外。記憶被奪走的人可能因為忘記了孩子，所以連同他介紹的我也一起忘記了，用望著異鄉人的眼神看著我。

回家時，孩子的媽媽在院子裡曬衣服。如果我這時停手，至少把媽媽留給孩子的話，我也許會得到原諒也說不定。但是我最終連媽媽的記憶也全部吃掉了。當我吃下那段記憶後，我意識到自己犯了天大的錯誤。那是一種之前吃掉的所有人的記憶都無法比擬，炙熱但不燙人的，有溫度的記憶。那就是她看孩子時感受到的情緒啊！我從她身上奪走了這無比幸福，能成為活下去的理由的一份感情。但是當我察覺到這一點時，她的所有記憶都已經屬於我。

「我回來了！彗星啊，你已經回來——」

「你們倆是誰？」

「媽媽，這是彗星啊，妳忘了我們一直住在一起？不，妳是說我們倆？」

「我是在說你。你是誰？怎麼進到別人家來……不，你叫我媽媽？我沒有生過孩子啊！」

「什麼話？我是媽媽的孩子啊，從出生開始就一直在這裡一起生活不是嗎？」

孩子叫喊著、哀求著，到最後大哭了起來。孩子跑出了家門，她自始至終都沒把視線投向孩子。真正痛苦的事實是，跑出去的一剎那，孩子不知道是我奪走了媽媽的記憶，抓住我的手離開了家。孩子感覺到陌生的視線在注視自己和我。村子裡沒有一個地方能讓我們留下，走出村子的孩子，跑向了我們第一次相遇的森林，可能是跑累了，一踏進森林就癱坐在地上。

「那些眼神是怎麼回事？彷彿初次見到我的眼神……」

我什麼話也說不出來。為什麼會變成這樣？彗星啊，我到底犯了什麼錯？小時候和朋友們一起玩西瓜遊戲的懲罰，是現在才來承受嗎？孩子本人也知道這是不可能的事，苦笑著，反覆自責著。已經恢復正常的我不忍心看著這樣的他。即使對他的打擊再重，我也必須說出實情。因為他必須怨恨的是我，而不是他自己。

「是我做的。」

「什麼？」

「我吃了他們關於你的所有記憶。」

他無法相信這種荒謬的話。我向他展示了我一直以來以男孩形象隱藏的本來面目。銳利的虎牙和紅色的眼睛，無法區分出是毛還是皮的，覆蓋在身上的什麼白色東西，一眼看去就是不能稱之為人的怪物。孩子眼中充滿了怨恨。是啊！如果要怨恨的話，不要恨在心裡，把全部的恨都傾注在我身上吧！

「我是個吃故事的怪物。」

孩子的臉頰流下一行淚。在我想擦拭它而伸出手的瞬間，領悟到現在我的身上不存在可以稱之為手的東西。在重新變成男孩的瞬間，孩子發出怪叫聲，捂著自己的耳朵蜷縮著身體。過了很長時間，停止哭泣的孩子的眼睛和剛才相比，顯得空洞無比。

「我想和你走得更近。」

這不是友情，也不是愛情。如果我所擁有的東西是真正的人的感情，那麼擁有了它，就足以毀掉一個人。

「我想知道你的一切。」

孩子完全沒有回答我。又過了很長一段時間。太陽下山了，遠處村子裡再次亮起點

點燈火。這時孩子才開口說話。

「無法恢復原狀吧？」

「也許吧！」

「那就滿足我的其他願望吧！如果不能回復原狀，至少要負起責任。」

這是理所當然的事，所以我毫不猶豫地點了點頭。孩子輕輕地深呼吸後，又繼續往下說。比起我所犯下的罪行，這實在是太微不足道的請求，甚至讓人懷疑就這麼一點要求是否真的沒事。

「在你有生之年，沒有經過任何人允許，不要再去吃別人的記憶。」

「我保證。」

但是接下來的第二個願望是絕不能說是小事，卻是深植人心，讓人充滿罪惡感的話。

「還有，把我的記憶抹去。在那個村子裡生活的全部記憶，一點都不剩。」

對孩子而言，與不記得媽媽這件事相比，記住不記得自己的媽媽似乎更顯得痛苦。

我向孩子伸出了手，孩子似乎知道那是什麼意思，小心翼翼地把自己的手疊在上面。雖然吃掉記憶沒有必要抓著手，那是我想這麼做而做出來的行為。明明是短暫的生日，但每個記憶都蘊含著如同吃掉孩子媽媽的記憶時一樣滿溢著的情感。對村子的記憶是孩子的全部記憶。每次和朋友們在一起時感受到的快樂、對媽媽的依戀、對爸爸的思念、望著星星時感受到的恍惚、伴隨著微風吹來時心情愉悅的幸福感……

品嘗完所有東西後，我確信今後自己完全能像個人類一樣行動。這是吃掉一個人的全部記憶的結果。可能是因為突然失去很多記憶，孩子就像睡著一樣慢慢閉上眼睛倒下。我擔心他是不是死了，正想伸手搖醒他之際，孩子立刻又睜開了眼睛。

「……怎麼了？」

「啊！睜開眼睛了。真是萬幸。」

「你是誰？」

「我叫彗星。你呢？」

「我，我是……」

不記得了，名字也是，住的地方也是。孩子這麼對我說。我知道這麼做是錯的。儘管別人不曉得，但我知道如今我不能再靠近他。但是至少待到他能獨自生活下去為止。這樣把他丟開，無異於置他於死地。

「那麼，在找回記憶之前，要不要和我一起到處走走？我正想去旅行呢。一個人有點寂寞。」

「謝謝。我沒有記憶，可能幫不了什麼忙，但我還是會努力幫助你。」

幾週左右應該沒問題。這種程度的話，也許孩子能找到新的村子。就這樣開始的旅程，不只是幾週，而是一直持續到孩子成年為止。幸運的是，孩子遇到了心愛的伴侶，幾年後也有了孩子。孩子直到那時還想把我留在身邊。說我是陪伴他所有時光的朋友。他經常說「我們到死都是朋友」的話。這樣可不行。總有一天要離開的。不，在他找到棲身之處時，我的工作就全部結束了。

我配合他成長的速度改變了容貌，所以沒有引起他的任何懷疑，但是從孩子那裡奪走有關村子記憶的那天開始，從我心中生出的罪惡感膨脹到了極點，絲毫沒有減弱的跡象。時光流逝，很久很久之後，他在工作途中暈倒的事情開始頻繁發生。剛開始只是反覆地說沒關係，但幾個月後病情嚴重到無法起身的程度。我直覺到他的死期將近。推遲在心中某個角落的罪惡感來告誡我，現在是說真話的最後機會。必須跟孩子說他成為失去記憶的人都是因為我。但是在死亡之際，他所留下的最後一句話，把我剩下的一點勇氣都奪走了。他說，因為有你，我才能擁有現在的幸福。謝謝你幫助了那天的我。我認為奪走看起來真正高興的微笑會是我更大的罪過，因此，直到他去世的那一刻，我都沒有說出真相。

從那之後的幾年內，我以人的身分過著漂泊的生活。每當看到村子的時候，我就會進去聚集孩子們，對他們說有關他的故事。雖然被村民們遺忘，但希望世界上所有的人哪怕是一點點，都能記得他。

「……就這樣，怪物最終還是無法戰勝飢餓，把跟孩子有關的所有故事都吃掉了。」

「那怪物和孩子最後怎麼樣了？」

「孩子被趕走了，怪物也從村子裡消失了。」

孩子們連口水都忘了嚥下般，專心聽著令人難以置信，而且毛骨悚然又神奇的故事。故事傳遍各處，怪物被叫做話怪。據說在一個村子裡，話怪捕食了孩子，而在另一個村子裡，也有被以訛傳訛地扭曲成話怪偽裝成孩子，在村子裡生活的故事。

當我想就此收手的時候，就會走進一座獨立的森林，重新過起怪物的生活。而無法忍受飢餓時，我就會變身成人類，吃人們流傳的故事。在漫長的時間裡，我從未違背過與孩子的承諾，不吃未經允許的故事。因為我認為，那是最終沒能贖罪的我，請求原諒的唯一方法。

＊＊＊

「……到現在為止一直隱瞞著，對不起。」

彗星就像告解聖事般，一五一十地說出長久以來自己的過往。只有得到允許才能吃掉故事，原來是因為對那個孩子所做的承諾啊！透過那個孩子所取的名字還一直用到現在！他是為了看我有什麼反應才吐露這件事嗎？代替那個孩子，他想取得我的原諒嗎？還是，因為我知道了他的底線，所以希望我順勢自己了斷跟他之間的緣分呢？如果以上皆非，那或許是單純抱持著即使只有一次，要是能對某人傾吐這一切就好了的想法。是啊！對別人說出自己的故事沒有太大的理由。我在諮詢過程中一直忙於解決對方的煩惱，事實上，只要能對別人傾訴自己的煩惱，心情就會輕鬆很多。這就是學生們之所以來到煩惱諮詢社的緣故。原來厚臉皮的模樣只是為了隱藏像現在這樣的臉？在昨天之前我所認識的林彗星似乎瞬間消失了。

「就像尹素媛所說的那樣，我是個怪物。即使你們蔑視我，也是理所當然，並沒有錯。」

「為什麼那麼討厭自己？」

「妳聽完這件事，為什麼還能這麼對我說？」

我該如何回應呢？如果我是個正常人，絕對不會釋出善意。因為可能會害怕自己也會變成那樣，對他產生恐懼。因為他對我坦白自己犯下毀滅一個人的人生的罪。如果是幾個月前，我的反應會跟一般人一樣。但是，我瞥了一眼表情絕望的他，然後把他的身體拉過來並抱住了他。然後慢慢地，好像要讓他冷靜下來似地拍著他的後背。雖然是我從未做過的事，但不知為何，此刻這一瞬間似乎就應該這麼做。我沒有給他任何建議，也沒有指責他，我用這樣的舉動來代替回答。

「……如果是我過去認識的你，我會斥責你或是走出去，二者擇一。」

「妳是希望那樣才說的嗎？」

「一半。」

「妳真的很奇怪。」

「你現在才知道？」

不知過了多久。當他認為拍著他的背的手應該會疼的時候。他慢慢地把我從他自己的懷裡推了出來。時機抓得剛剛好。

「剛才要是被老師發現，就大事不妙了，對吧？」

「週末這個時間點，學校別說是老師了，連一名職員也沒有。」

剛才的事情若是發生在平凡的兩個人之間，可能會是愛情的開始。話說回來，以前曾有過一次這樣的想法。

「如果尹素媛看到了，這次她可能會說我在拐騙些什麼。」

「她只會對我這麼說。對你不會，不用擔心。」

「那真是萬幸啊！」

但是，現在也還是那麼想嗎？感覺有點心慌意亂。若說以前的行動真的是毫無自覺，那麼現在的行動當中就開始有點遲疑了。說是愛情還談不上，說是憐憫又太過犀利。宿舍方向傳來了就寢前點名時間即將結束的鐘聲。還沒來得及斟酌我自己的感受，我和彗星連忙起身走下了樓梯。在黑暗中看不到他的表情，連觀察的時間都沒有。

12 為了你的事情

我想她能完美地剖析我所感受到的罪惡感並對我說明。如果全部坦然面對，似乎一切都會得到解決。暴露身分的罪惡感，已經不再像以前那樣折磨我了。

從那天以後，彗星和我之間一直縈繞著微妙的尷尬。與其說是距離感，更接近於奇怪的心癢的感覺，那種心情並不會一直讓人感到不舒服。素媛可能察覺到了這種徵兆，以比平時更費心的表情輪番觀察著我和彗星。

離期末考沒剩多少時間了，我們決定社團活動再休息一次。本以為就像上次一樣，在休息期間兩個人沒有什麼機會碰面，但彗星提議要不要在社團時間一起讀書，導致我們反而比平時更常見面。

這樣看來，素媛早已察覺到彗星的過去。

彗星在班導的召喚下暫時離開座位的期間，我決定告訴素媛我已經知道了整件事的實情。

「喂！」

「嗯？」

「他過去發生的事情，都跟我說了。」

看她的表情，似乎頗感驚訝。即使從一開始就有某種程度的猜測，但聽到這些事後我還能正常地對待彗星，她應該覺得很神奇。

「他說被妳發現了。可能是想在妳說出來之前，直接親自告訴我吧！」

「沒能告訴妳，抱歉。感覺妳不知道會比較好。」

「沒事，換作是我也會這麼想。但是，我可以問妳一件事嗎？」

「什麼事？他隱瞞了什麼嗎？」

「那倒不是。如果是妳，知道這件事後，應該不會放任我跟他在一起才對啊。」

她低聲自言自語地說「是啊，話是沒錯」。但是，她始終沒有叫我遠離彗星。

「話又說回來，這次考試範圍比想像的要難很多。我寫了試題卷，錯的比想像中還多很多。」

「嗯，確實如此。」

即使想再問一些問題，看到她一副要轉移話題的模樣，似乎沒有要跟我說的想法。整個午餐時間我都無法再追問素媛那件事。

＊＊＊

最近飢餓的頻率越來越高。雖然能堅持到某種程度，但如果什麼都不吃，很難長久堅持下去。吃書也是一樣。如果是大家手上讀過的書會好一些，但這裡的書大部分連一次都沒被讀過。

為了詢問素媛為什麼沒有向世月說出她已知的真相，今天晚上跟她約好要見面。直接問的話，不確定能不能聽到答案，但若依我自己來推測，線索卻是太少。所有課程結束的鐘聲響起，我決定不吃晚飯，直接到宿舍後面等她。反正吃晚飯也無法攝取能量。她可能也不是很想吃晚飯，明明說是晚餐後見，結果她比我更早到。

「來得比想像中還快嘛！」

「今天不想和世月一起吃飯。」

「她做錯了什麼嗎？」

「關你什麼事。」

素媛的態度一直都是如此。雖然彼此認識的時間差不多，但是她對待世月和對待我的態度完全不同。然而最近她的態度也逐漸有了轉變。雖然不能說是善意，但最近幾乎沒有直接表露出敵意。

「為什麼不告訴世月？」

「什麼？」

「我的過去。」

她皺著眉頭，深嘆了一口氣。撫摸著柔順工整的頭髮，整個人看起來很茫然。

「……因為還不知道理由。」

「什麼理由？」

「為什麼身為怪物的你對吃故事感到猶豫，為什麼用那種眼神看著身為人類的世月？」

在這裡如實回答的話，我也能得到自己想要的答案嗎？本來想編一些適當的好話讓她安心。但是，與心裡早已確定好答案的正直眼神四目相對那一瞬間，腦海中正在編造的各種藉口消失得無影無蹤。

雖然經歷了那樣的過去，但我最終還是怪物，必須要吃故事的食慾隨著時間流逝而被壓抑，並抹去了當時的罪惡感。得到允許才吃故事。除了遵守這個約定之外，我沒有留下任何當時的痕跡。甚至明知吃記憶的話，當事人會有危險，但還是以得到許可為由肆無忌憚地吃。就這樣活了幾十年。為了填飽肚子，必須厚著臉皮。後來還開始挑剔故事的味道，想著若是在學校就能見到各種各樣的人，於是冒著危險潛入了這裡。

然後我遇到了世月。幾十年來，除了那個孩子以外，我從未被發現過是個怪物。當然她看到我時受到了驚嚇，但是她不僅沒有逃跑，反而因為吃書一事反過來威脅我。

「剛開始只覺得她是個能幫得上忙的人。她說要幫我設計如何吃故事，哪有怪物會拒絕呢！」

「第一次見面時，感覺她是會那麼做。後來呢？」

如果是這個孩子的話，合作關係也不錯。因為不太容易感受到她的情緒，所以對這個孩子的記憶，我不想聽也不想吃。我有信心透過她，不費吹灰之力地吃到故事，同時不會造成任何傷害。當我知道這是非常有利於我的提議時，應該知道這個提議可能會帶來意想不到的事情。

「不知從何時起，我變得很奇怪。只要稍微哄騙一下就一定能吃到故事的狀況，但我卻不想那麼做。」

第一次聽到劉海藍的單戀時，我想如果毫無希望的話，我吃掉那個故事也沒關係。但是我最終協助讓劉海藍不放棄單戀。原本像世月所說「不見得沒有發展的可能性吧」的話，我並沒有太放在心上。若是好好說服她的話，這些話都可以推翻掉。但我卻聽從了她的話。如果世月是個平凡的人，我就會忽視這些話。但她並不是一個容易陷入別人情緒裡的人。儘管如此，她努力珍惜對方情緒的樣子似乎是在對我說，我也可以那樣，我決定像她一樣守護它。

「她跟我很像。雖然不能理解人，但比任何人都渴望擁有感情。」

就像我執著於味道一樣，她執著於對感情的理解。越想跟隨著她的方式走，就越有種無法分辨真假類似感情的東西突然找上了我。在煩惱諮詢社待的時間越長，它找來的頻率就越高。

「所以我模仿了她。我想也許我終於能夠明白自己數十年間無法理解的事情了。」

在感受情緒的瞬間，可以忘記漸漸湧上來的飢餓感。當我認為可以忍受飢餓時，長期遺忘的罪惡感乘虛而入。聽到梁知惠的煩惱，看到在傍晚的陽光下獨自站著的梁知惠時，我想起了數十年來深藏於心的思念的臉龐。在被素媛抓住衣領，從她嘴裡聽到我的過去的瞬間，被推遲的罪惡感如潮水般蜂湧而出。比以前更讓我痛徹心腑。因為與剛出生時不同，現在的我準確地知道了感情的重量。

「從妳口中聽到我羞愧的過去時，從聲音中感到難以承受的罪惡感時，我領悟到了。我現在不吃故事也能感受到感情了。」

從那天之後，我不再產生吃任何人的記憶的念頭。吃掉徐星的故事，也是因為要遵循世月的判斷，以及徐星痛苦的神情所致。但原本以為不吃東西也能忍住的飢餓感越來越強，照這樣下去，在夏天結束前，我就會回到原本的模樣。接著尋找下一個停留的地方，儲備力量地生活。

「從那以後，我就不再想吃任何人的故事了。一旦我在這裡的生活結束，也許就無法再回復人身。因為以怪物的模樣，至少還能挺過一些飢餓感。」

那麼，在很久很久之後，或許我還能再次以人類的形象生活下去。那將會是什麼時候呢？那時我能否能再遇見世月？想到這裡我才恍然大悟。在這麼短的時間裡，她成了我日常生活的一部分。我確信再也見不到像她這樣的人了。事隔數十年才遇到她這樣的人，也許還要再等下一個數十年，才能再遇到類似的人也說不定。不，說不定永遠也見不到。至少在我漫長的生涯中，像她這樣的人是獨一無二的。

「老實說，我不太明白妳說的那種眼神是什麼。但是，如果問起我對世月的感情，我害怕被她遺忘。」

對於必須隱藏真實身分的我而言，記住我的人就只是危險因素而已，不超出這個範圍。讓她不要忘記我的欲望將對我有害。是啊！所謂感情，對做出合理選擇自始至終就只是個障礙。但就算明白這些，這個欲望也不會消失。

感情上的變化越大，過去的罪惡感與對她莫名的執著就越強烈。當素媛察覺到我的過去時，我直覺現在是必須與過去的罪惡感正面交戰的時刻了。我選擇了世月作為傾訴自己過去的對象。是她的話，我能將自己的罪行一五一十地說出來。我想她能完美地剖析我所感受到的罪惡感並對我說明。如果全部坦然面對，似乎一切都會得到解決。暴露身分的罪惡感，已經不再像以前那樣折磨我了。

如果她對我失望而離開，在我的欲望觸碰到她之前，我自然會遠離她。

「我希望能一直陪在她身邊。」

但是她不但沒有逃跑，反而拉著想要逃跑的我，擁抱在她的懷裡。要不是圖書館黑暗，連我自己都不曾見過的臉，恐怕都會原封不動地被她看到。我想留在她身邊。雖然為了留在她身邊就必須吃掉某人的故事，但是領悟到對她的感情，現在我不能再隨便做那樣的事情了。

「因為現在對我來說，她是最珍貴的人。」

我全盤吐露出一切，面對素媛的臉時，她似乎半信半疑但也接受了我的話一樣，輕輕地點著頭。

「我覺得好像是這樣，所以才沒說。」

「那是什麼意思？」

「你知道你看世月的眼神是什麼樣子嗎？我剛開始認為不可能。我責問自己，怪物怎麼會用那種眼神看著人類呢？」

但是不管反覆幾次，得到的答案都一樣。素媛對我這麼說後，暫時閉口不談。她臉上的表情不知是感到煩躁還是惋惜，難以讀懂她更偏向哪一方。

「我以前曾說過，我翻閱古文獻而研讀了鬼神或怪物之事。我不曾讀過不同性質的東西與人類在一起會迎來好結局的故事。」

「那妳不是更應該阻止我跟她相處在一起？」

「……因為從某個瞬間開始，根本不能把你視為怪物了。」

即使自稱是驅魔師，再怎麼努力學習，也還是太年輕了。聽她所言，這似乎是第一次面對怪物，怎麼能表現出如此天真的態度呢？

「聽說妳的夢想是當驅魔師？不能隨便產生這種想法的。」

「還不是因為你裝得太像是個人。最近偶爾會忘記你是個怪物。」

「所以上次才沒對我用符咒？」

這傢伙心太軟了。僅憑感覺就做出這樣的判斷。

「一不小心你可能會遭到反擊的。」

「以後不用找藉口了。還有，也不用太煩惱。不管妳做出什麼結論，我馬上就要離開了。」

「那是什麼意思？」

一直保持沉著的嗓音頓時變得凶狠。真是的，之前總祈禱我早日消失，現在我說要離開了，反而變得敏感，真是可笑。

「因為如果無法充分攝取故事的話，很難長時間維持這個模樣。」

我怕抓脖子衣領的手會飛過來，悄悄地與素媛拉開了距離。出乎意料的是，她用殺氣騰騰的聲音一針見血地戳中我好不容易忘記的事實。

「跟世月也說過嗎？」

「還沒。」

「就這樣離開？不尋求任何對策就那樣消失？我說你啊，如果決定馬上要離開的話，就算不告訴我，至少也應該要告訴她才對不是嗎？」

「如果是以前的話，我會先跟她說的。但是現在辦不到。」

「那到底什麼時候會跟她說？」

世月之所以無法與人們相處，是因為對別人的事情產生共鳴的能力明顯不足。但是現在的她透過煩惱諮詢社，自然而然地熟悉了方法。我之所以能親近她，是因為她不知道如何和別人交流。現在她已掌握了那種能力，可以與包含素媛在內的其他學生們分享親近的她，已經不需要我了。

「事實上，什麼時候說都無所謂。」

當我想到這裡的時候，知道自己應該如何和她道別了。什麼時候說都沒關係，不管是事先說，還是離別前再說。因為對我消失後的她而言，都不會留下任何傷痛。雖然想留在她的記憶中，但我更加切身感受到不能留在她的記憶中的事實。正如素媛所言，怪物和人類之間，不會有好的結局。

「呃，我剛才有種奇怪的預感。如果那是真的……」

「那個預感，應該是對的。」

我最後會吃掉她的記憶而消失。她可能不會記得我，但是她會記得那些和她交談過的人。會認為是自己和素媛兩個人解決了他們的問題吧！在煩惱諮詢社的生活成就了現在的她，即使我從她的記憶中消失，她也不會完全失去與他人共鳴的能力。換句話說，她只有一個學期的美好記憶可以留給我。

「我本來想把你打得半死不活，聽到你這話，連生氣的力氣都沒有了。」

「真遺憾，還不如打我一頓呢！」

「我一邊聽一邊想著，你真的活得比我們更久嗎？怎麼會下這樣的結論？」

素媛似乎因為沒能抓到衣領而感到遺憾似的，反覆握緊又鬆開了手，瞪了我好一會兒。

「那怎麼會是為了世月好？決定自己一個人消失，最後獨自帶走這個記憶？我真是一時看錯了你。你果然是個怪物。只知道自己的欲望，完全不想去理解世月。」

妳不是才親口說過，怪物和人類在一起會變得不幸。異質的存在與人類相處的瞬間開始，就決定了關係的盡頭。我認為和她的關係也是如此。只是由於我的貪心，才變得更特別而已。

雖然下了這樣的決心，但聽到素媛的話，感覺像被一顆大石頭擊中了腦袋。我聽了她的話才幡然醒悟，之前還是因為她才發現了隱藏在心中的真正願望呢。我想起了權多景和徐星的事情。兩人自事情發生後沒能進行完整的對話，雖然各自回歸了原來的生活，但是也失去了原本可以成為生活一部分的彼此。看到他們倆，我感到無比惋惜，甚至想盡可能把吃掉的記憶還回去給他們。

即使曾這麼想，我也在重複犯下同樣的錯誤。我只想獨自一人帶著記憶離開。和世月商量的話，或許會給她留下更大的傷害，但如果那樣做，至少不會重演我所知道的悲劇。雖然尚未完全改變想法，但多虧了素媛的那句話，我才領悟到另一種可能性。

「我還沒有準備好對世月說。」

「你到最後還是是……」

「但是，我有了想聽的故事。」

「想聽的故事？」

「當我發覺她很難與別人產生共鳴，現在才慢慢改變時，就覺得自己很瞭解她。」

這是一種傲慢的想法。為什麼會有這種想法，具體發生了什麼變化，連我自己也不知道。因為我不曾從她的口中聽到過。

「但是，其實我還不能算太瞭解她。託妳的福，我明白了。所以剩下的時間，我會全部用來瞭解世月。那樣的話，或許能決定出對她最好的結局。」

素媛的表情軟化了下來。也許是接近正確答案的回答，她什麼話也沒說，咻地一下轉身就走了。時間不知不覺地接近傍晚時分，圍牆遠端地平線附近的天空被染紅了。

＊＊＊

今天晚餐時間都沒看到彗星和素媛。素媛發簡訊跟我說她有約，今天不能一起吃飯。既然決定一起念書，我以為至少彗星會在圖書館，但別說是他，連他的痕跡都沒有留下。離考試沒剩多少時間，可我實在提不起念書的欲望，我只是盯著課本，坐在座位上發呆。每次遇到疲憊感來襲的日子，偶爾我也會坐著坐著就睡著了，今天好像就是那樣的日子。如果以不舒服的姿勢睡著，我常會做噩夢，雖然我想盡最大的努力振作精神，但是卻一點精神也沒有，直接就睡著了。

我幾乎沒有被媽媽抱在懷裡的記憶。這麼說可能會誤以為我是孤兒，但我的父母親都還健在。甚至在我進入宿舍之前，我們也一直生活在同一間房子裡。小時候爸爸忙於工作，媽媽因為產後憂鬱症，不僅沒有好好照顧我，反而經常忘記餵我吃飯。一般的嬰兒可能會哭著鬧著要吃飯，但根據媽媽的說法，我從來都不曾哭鬧過。剛開始她以為只是因為我乖而已。據說在得知即使把年幼的我放任不管也不會發生任何事情後，媽媽比過去更忽視對我的育兒照顧。

如果就此結束，或許會好一些。雖然爸爸總是很晚回家，但是每次看到我都很疼愛我，媽媽在有空照顧我的時候也還算親切。事情發生在我上幼兒園的時候。開始克服憂鬱症的媽媽，慢慢增加陪我玩耍的頻率。一個格外寒冷的冬天，媽媽在和我玩積木時，突然倒下了。

「世月啊……把手機給媽媽……」

據說在媽媽快暈倒前意識尚存時，她指著手機哀求我。她擔心我會哭或驚慌失措，也怕我行動時會受傷，但隨即我表現出來的行為卻讓她的想法一掃而空。雖然我不記得，但據說我慢慢地輪番看著媽媽和積木，若無其事地說了這樣的話。

「現在不能玩積木遊戲了。」

然後我跑向書櫃，拿出一本漫畫書，坐在倒下的媽媽面前看書，而且還哈哈大笑。當媽媽再次醒來時，急救人員和剛下班的爸爸正在安慰她，我那時手裡還拿著漫畫書，歪著頭看著這一切。

她說她至今還無法忘記當天的衝擊，每次我做錯事的時候，她都會提起當時的事。雖然不能記得很清楚，但連對那種程度的事都不記得，再看到現在的我，他們覺得這並不是值得信賴的說法。不管怎樣，從那以後，我沒有被父母當作他們的孩子看待。不，準確地說，根本就沒有被當作人來對待。對他們兩個人來說，我是個怪物。他們每次看到我的心情，就像我第一次見到彗星時的心情一樣。

我大部分的噩夢都是關於那些想不起來的記憶。我在家裡望著瀕臨死亡的父母，雖然心裡吶喊著要幫忙，但是我無情的腳步，卻走向遠離兩人的另一方。場景再次交叉，這次是我流血倒下了。如同剛才那樣，他們兩位連一點視線都沒有給我，就那樣走掉了。這兩個場景反覆了數十次之後，我才從夢中醒來。

醒來時，圖書館內已經沒有人了。看看時鐘，幸好晚飯時間還沒有完全結束。我迅速關好門走出圖書館，映入眼簾的是在走廊窗戶對面走在宿舍外圍的彗星。我急急忙忙走下樓梯，一走出一樓，就快速朝他跑去。

「林彗星，你今天怎麼沒來圖書館？素媛說她有約所以不能來。」

「我有話和素媛說。」

「不早告訴我！和對我說的內容一樣嗎？」

「差不多。但是，妳剛才看起來怪怪的，現在好像好一點。」

當時沒什麼事，但現在是剛做完噩夢之後，誰都好，我正需要有人幫我擺脫這股穢氣。儘管彗星不是人類，但好笑的是，他現在是我最親近的人之一。

「我突然想起了昨天的擁抱。想了想，我太無厘頭了。抱歉。」

道歉的話都還沒說完，我在彗星的臉上看到了難以置信的光景。他的臉紅到了耳朵，瞳孔閃爍著避開我的視線。即使是傻瓜，看到如此顯而易見的表情，就能理解這意味著什麼。他對昨天晚上發生的事情感到害羞，但黑暗中看不到他的表情。昨晚在圖書館時，他也是這樣的表情嗎？儘管聽到了他的罪行，需要指責的部分也不計其數，但遺憾的是，當時我沒有看到他那害羞的表情。頓時我忘了所有要講的話，我知道這樣是不對的，我知道這是對生活在過去的那個孩子失禮的行為，但我卻覺得這種錯誤的行為，並沒有那麼糟糕。

「喂！」

「嗯？」

「從這個學校畢業後，就再也不能看到你了嗎？」

如果我這麼說，他的表情會變成什麼樣子？我沒有勇氣再看下去，而是將視線鎖定在地板上，繼續說下去。

「如果你願意的話，畢業後我們繼續在一起如何？」

啊！剛才是不是有點像在告白？我只是希望能在他身邊而已。為了不讓他太過誤解而抬起頭的一剎那，我看到他的表情是迄今為止見過最像人的表情。雖然沒有流出眼淚，但一下子就知道了他在哭。又不是吃了別人的記憶，我只不過是對他說了一句話而已。

「對不起。」

「什麼？」

「我不能接受那個約定，對不起。」

如果只是單純不想在一起，就不會這麼悲傷地對我道歉。不，當初也不會那麼乖乖地吐露自己的過去！我以為是因為他相信我，所以我想也許畢業後還可以在一起。但是聽到他說對不起後，我想再次確認是否絕對沒有這樣的未來。

「我有想聽的故事。」

「是什麼？」

「就是有關妳的所有事情。不是為了吃才想知道，妳不要誤會。」

儘管我想瞭解妳，想關注妳，但不能持續陪在妳身邊的理由，是因為很難再吃故事的緣故。如此看來，這一個學期內我吃過的故事屈指可數，再這樣下去，我還能撐到畢業嗎？

「我其實有頂樓的鑰匙。保管圖書館書桌和椅子的倉庫在頂樓上，老師給了我。」

我從口袋裡掏出一堆鑰匙，炫耀似地搖得噹啷噹啷響。彗星閉著嘴，呆呆地看著這串鑰匙，不知道這意味著什麼。

「所以說，如果可以的話，明天中午去趟小賣部，然後我們去頂樓吧！偶爾也要用這種方式吹吹風。」

「嗯，好吧！聽起來很有趣。」

他咧著嘴笑，但我的眼睛很難從他的表情讀出喜悅。我的內心是很想撇開自習，立刻把他拉上頂樓詢問究竟發生了什麼事。我遇見他後就變成這樣了。如果是原本的我，別說是撇開自習，就算拿著頂樓的鑰匙也不會想到要這樣使用。彗星已經讓我脫離了日常。我不確定他是否真的意識到這一點，但是到了明天中午，我要告訴他，他帶給我的變化。我跟他約定了明天。

13 向彗星許願

我吃到的故事，沒有想像中多。
照這樣下去，在夏天結束之前，
若我無法忍受飢餓，就只能回去
了。

那天早晨我醒來得特別早。為了想出去散步而走出宿舍，結果一開門就嚇了一跳。因為還不到六點，就看到素媛在宿舍前面的路上，一邊欣賞著花壇，一邊享受著散步的樂趣。

「哎喲，嚇死我了。我還在想，除了我，清晨還有誰會起來呢？世月，是妳嗎？」

「妳原本就是這個時間起牀嗎？」

「我早睡早起習慣了。早上念書念了一會兒後，就出來散步了。」

真是相當理想的生活方式啊！

在這個不能說是晴朗，而是有些灰濛濛的清晨，多虧了素媛，我一下子就失去睡意，打起了精神。

「昨天和彗星聊了什麼？啊！這可以問嗎？」

「彗星都說了啊！雖然我也想告訴妳，但是他好像很想親口告訴妳，所以請妳再等一下吧！」

「這跟彗星告訴我的內容是差不多的。」

也許是察覺到自己的失誤，她的眼底盡是尷尬，好不容易才掩飾住自己的感情。可能是因為她的感情太過豐沛，又或許是清晨讓人的判斷力變差了。我立刻向她提出了可能有點失禮的問題。

「妳的表情原本就那麼豐富嗎？」

「很明顯嗎？」

「雖然有，但我並不怎麼在意，所以沒關係。我只是認為妳的情感表達方式很多樣，覺得很神奇才問的。」

雖然我也有不足之處，但是想想之前周遭所認識的人，素媛比起其他人，更加衝動或感情用事。有些人可能認為這是缺點。因為第一次看到素媛的時候，我也是那麼想。

但是現在我反而羨慕她面對別人的痛苦時，會露出感同身受的表情；如果我是你，我可能會向在折磨我的噩夢中倒下的媽媽伸出手。我的願望就是從反覆出現的兩個噩夢中擺脫出來。她似乎向我展示了實現自己的願望後，未來會發生怎樣的變化。

「其實以我的情況來說，我在我們家算是最安靜的。我回家的話，總會聽到家人說我為何這麼面無表情。」

「妳確實受到了很多來自家庭的影響呢！」

人的性格會停留在童年時期嗎？即使如此，在短短的幾個月裡，我們的確發生了很大的變化。

「我一開始覺得妳太沒表情了。」

「嗯，妳曾經告訴過我。」

「但是，妳最近好像說著說著，就會笑起來了。所以看起來很好。」

雖然性格本身可能無法改變，但是如果有想要變成的模樣，就會有接近理想的機會。這個煩惱諮詢社對我來說，就是那個機會。

「謝謝妳這麼說。」

「妳現在也笑著呢！真是越來越常笑了。」

「妳的語氣也比第一次見面時好多了，以前還滿不講理的。」

「是啊！看來是跟你們學的。彗星對別人說話也都嘴巴很甜。」

這樣看來，幾個小時後就能看到彗星的臉了。昨天他只是漫不經心地說有想聽的故事，所以才說知道了，但是現在想想，也不知道要說些什麼。既然聽到了彗星如此嚴重的過去，難道我也要說出自己過去的事嗎？我相信，如果說有什麼值得安心之處，那就是不管我的過去多麼可怕，對於身為怪物的彗星來說，這似乎都不是什麼大事。

為了以防萬一，休息時間確認氣象預報後，聽到下午會有短暫雨，不由得嘆了口氣。但是抱持著「到中午為止應該沒問題吧」的想法，最終決定不要變更約定。午休用餐的鐘聲一響，我就從走廊走出來，恰巧彗星也剛好走出教室。

「聽說今天的伙食很不錯，去小賣部不覺得可惜嗎？」

「這樣小賣部不會有人排隊，反而很幸運呢！」

我快速來到小賣部買了麵包和飲料後，由於擔心會遇到老師，提心吊膽地走向頂樓。在跟一把好不容易抓住的鎖經過短暫的奮戰之後，鐵門才得以打開。透過鐵門看到的天空，不僅沒有下雨的跡象，而且萬里無雲，看來非常晴朗。不管怎麼說，似乎天氣預報不準。我把視線轉向左邊，看到了備品倉庫。我和他背靠著倉庫的牆壁，凝視著欄杆對面的風景。在遠處的山間道路上，有著稀稀疏疏駛過的車輛。

「經過那條公路已經是幾個月前的事了。」

「妳這學期一次都沒回家嗎？」

「嗯，我的家人不喜歡看到我。聽到我說考上需要住宿舍的學校時，大家都很開心，至少三年不用經常見面了。」

我已有了不管是什麼事都會說出來的覺悟，自然而然就說出了平時連提都不會提的家事。但是，當我轉向他的瞬間，不禁驚慌失措，差點連手上拿著的飲料都弄掉了。因為我完全沒想到彗星會做出那樣的表情，那種光是聽到這樣的故事就覺得很難受，光是站在旁邊就覺得對不起對方的臉龐。剛剛還在的勇氣不知去向何處，原本要接著說下去的事，現在已經開不了口。

「那是什麼表情？」

彗星完全沒有反問什麼，好像知道自己的狀態。

「你對於那麼黑暗的過去，都能輕描淡寫地說出來，為什麼還會因為這樣的話而動搖呢？」

「我並不是輕描淡寫地說。」

聽到他的回答後，我才意識到自己犯了一個錯誤。如果發現到他有所變化，就應該察覺他會有這種程度的反應才是。在我急著想說對不起之前，彗星先開口了。

「如果妳一直有話想說，可以暢所欲言。如同妳總是聽別人的諮詢那樣，我也會一直傾聽的。」

聽到彗星這樣的反應和言語，我覺得他就像個真實的人似的。那樣可不行啊！若想說明我是如何與家人疏遠的，就要從那天的事情開始。普通人聽到的話，不會責怪父母，而是會責怪我的故事。那是面對越是珍惜的人，就越不忍心提起的過去。因為他是怪物，所以我原本以為可以向他傾訴，但是在告訴他之前，就看到了他這樣的反應，於是我更不想說了。

「沒什麼大不了的。父母只疼愛老來得子的弟弟，所以像我這樣性格乖戾的老大，就成了他們的眼中釘。」

彗星應該知道我會轉移話題，但他什麼也沒問，只是說了「原來如此」，然後靜靜地聽著我的故事。即使不是這樣的過去，只要是關於我的故事，真的全部都可以說嗎？

「話說回來，聽說今天會下雨。好笑吧！天空這麼晴朗。其實我討厭下雨的天氣，總讓人沒來由覺得心裡不舒服，心情也變得陰沉沉的。」

「我還是第一次聽說這種事。」

「下雨的話，我也不喜歡花瓣容易凋謝。雖然不太喜歡花，但是看到掉落的花瓣，就會莫名地感到惋惜。」

這些話過於瑣碎，所以多半會讓人感到厭煩。但是，他好像很感興趣地聽著每一個故事。這麼看來，我跟他似乎未曾說過這樣的話，這真是可笑的事情。我們相處了好幾個月，連彼此的愛好都不知道。

「你不會這樣嗎？喜歡或討厭某種天氣。」

「我討厭陰天，因為看不清夜空。」

「這個理由比想像中浪漫啊！」

從那以後，我們也聊了很多彼此關心的問題，例如喜歡的顏色是什麼？糖果和巧克力中更喜歡哪一個？比起糖果，我更喜歡巧克力，但彗星則說他即使吃東西，對味道也沒什麼特別的感覺，不過不太喜歡吃甜食。當被問到是否喜歡動物，他說因為狗會認出自己是怪物並且狂吠，所以不太喜歡動物時，我不禁笑了出來。不知不覺間，天空逐漸烏雲密布，我們之間來回談了幾次無聊的話題，直到本以為會問下一個問題的他，說出莫名其妙的話為止。

「就算這樣能瞭解妳，瞭解妳的時間也遠遠不夠！」

聽到這句意味深長的話，不祥之感瞬間掠過腦際。不，因為他是活了幾十年的怪物，所以才會覺得三年左右很短吧！但是，當我想說幾年左右應該能知道很多事情的瞬間，聽到他接下來的話，我的心就沉了下來。

「我吃到的故事，沒有想像中多。照這樣下去，在夏天結束之前，若我無法忍受飢餓，就只能回去了。」

現在已經進入初夏，如他所說，我能見到他的日子，只剩下不到一個月了。對此，我甚至沒有心情反問那是什麼意思。頂樓的地面上開始出現陰影，這是因為擋住光線的烏雲從山上湧了過來。

「為什麼你不提前說？」

如果說沒能吃很多故事是理由的話，那麼不久前他肯定還有意識到這個事實。如果沒吃到徐星的故事，說不定他早就走了。

「如果妳允許的話，我打算刪掉妳的記憶後再離開。」

給我帶來變化的他，在我們之間的情誼都尚未建立之前，就將消失得無影無蹤。

「我曾以為只要抹去記憶，什麼時候說都沒關係。不過我想儘量在離開之前說。」

他明知道如果早說的話，我的態度會變成這樣吧！怎樣才能消氣呢？就像素媛一樣，難道要抓住他的衣領，把他甩在地上嗎？那樣做的話，他也能稍微感受到我現在的心情嗎？但是，當我為了看著他的臉而忍住脾氣抬起頭時，我就知道他已經跟我一樣難過，也許比我更痛苦了。

「但是多虧了某人，我才明白這樣隨心所欲地做決定是我的貪慾。」

「你跟尹素媛聊的是這個嗎？」

「嗯，對不起，沒能提前告訴妳。」

他想聽我講出自己故事的理由，想努力理解我的理由，是因為就算有些晚，卻能夠找出更好的結論嗎？然而這個事實並不足以平息我現在的憤怒。我一如從前，憋著一肚子氣，試圖用冷冰冰的聲音責備他。但是，真正從我嘴裡吐出來的話，不僅不冷靜，反而更接近於充滿埋怨的哽咽。

「你早該說的啊！」

「真的對不起。」

「為什麼所有的事情你都要自作主張呢？素媛是這麼說的，和別人一起度過的記憶，並不只屬於自己。你不能一個人胡來。」

他已經活了幾十年，怎麼連這一點都不知道呢？雖然聽他說過要避免和人類有太多的碰觸，但是都年紀一大把了，應該有所耳聞啊！

「你打算重複犯下同樣的失誤嗎？你不是跟我說了你的過去嗎？你十分後悔吧！難道還想做同樣的事情嗎？」

「李世月，到此為止吧！我知道妳很生氣，雖然我沒有資格說這樣的話，但我的過去並不是讓妳這麼利用才告訴妳的。」

「那是為什麼！」

為什麼要告訴我呢？反正連這個都要忘了。別說是他的過去，如果連他存在過的事實都要忘記的話，為什麼要告訴我呢？剛才不忍心問出口的話，糾結在嘴裡，在無法抑制怒火想要問的瞬間，先聽到了他的回答。

「我希望妳能對我失去感情。」

「什麼？」

「我希望妳失去對我的記憶，希望妳能忘記我。」

這個答案我並非完全沒有預料到。不，也許反而和預想的一樣。我從剛才聽到的內容，完全可以推導出這樣的答案。但為什麼我會如此驚訝呢？為什麼即使強忍還是想哭呢？冰涼的雨滴從肩膀上一滴一滴地落下來，幸虧倉庫牆壁的上方有著屋簷，否則過不了多久，全身就會淋濕了。

「怎麼不在更早之前說呢？那樣的話我肯定早就對你毫不關心了。」

「我應該在稍微有打算要這麼做時，就事先跟妳商量一下的。」

「不，反正就算你事先說過了，結論也是一樣的。在連回憶都沒有好好創造的時間裡，你怎麼能夠理解我。」

我說話聲裡夾雜的哽咽漸漸平息。悲傷不知不覺間變成了和雨水截然不同的熱淚，順著臉頰流淌。反正雨滴也濺在我的臉上，這點淚水應該也看不出來吧！

「應該沒辦法做出結論吧！是啊！也許和現在沒什麼兩樣。」

對於我們兩個人來說，這段時間不足以找到完美的結局。不，也許這才是最完美的；我不再和怪物糾纏在一起，怪物在抹去他自己的痕跡後消失了，這就是理性的結局。但是我希望他在我身邊，也許他害怕我忘不了，不，我就是這麼確信的。因為他的手垂向地面，微微顫抖著。

「你還會待到結業典禮吧？」

「嗯，我可以堅持到那個時候。不，我會堅持下去的。」

我忘記了擦眼淚，用原本應該擦掉自己臉頰淚水的手，握住了他顫抖的手。

「給我一點時間。」

「我想要吃掉妳的記憶，是希望妳能舒服一點。」

「嗯，我也知道。」

「所以，如果妳願意的話，也可以帶著那段記憶活下去。不，若能那樣就好了。」

若能那樣就好了……如果是我不久前所認識的他，絕對不會說這句話。所以我確信那是肺腑之言。即使不能再見面，他也希望彼此有著相同的故事。那樣的話，似乎總有一天有機會再次相見。如果我允許的話，不知道那一天是否很快到來。

「再等一下吧！我也會尋找出自己的答案。」

雷陣雨猛烈地下著，只留下將地板弄得濕漉漉的雨水，就消失無蹤。我把頭轉向彗星的另一邊，小心翼翼地避開新出現的水坑，從頂樓走了下去。

＊＊＊

不管怎麼說，彗星好像對世月如實地說了出來。在午休時間，我見到了路過走廊的世月，短暫聊了一會兒。她說出來的每句話，聲音中的憂鬱感頓時降了下來，分明比早上正常許多。

（但是，即使現在只是說說而已，就已經很靈驗了。）

看來，他也不打算一味地逃避。我能給的建議已經到此為止。事實上，可以說我已經無法再介入兩人的關係了。雖然他們兩人似乎都努力不顯露出來，但無論好壞，他們彼此之間的感情深度，都有別於他們對我的感情。

（可惡的傢伙。反正不會死，那時候應該用符咒甩他一巴掌的。）

換作是從前，早就那麼做了。因為，第一次見到他們兩人時，對我來說，彗星是必須消滅的怪物，世月是必須從怪物手中救回來保護的對象。不知道是否產生了一點感情，還是看到兩人的表情後，我的心腸就變軟？一想到學期結束彗星就不會在這裡了，真的有點遺憾。而且，我要再次承認，從以前開始，我就一直把他當成是林彗星，而不是怪物。因為我本身獨特的性格和行動，本來就沒有多少朋友。所以，當我突然要送走其中一個朋友時，實在不知道應該表現出什麼樣子。

（雖然覺得很慶幸，但也很微妙地感到遺憾。）

夏天過後，也許和現在又不一樣了。屆時不知道是因為感受到了空缺，所以遺憾加深，還是隨著時間流逝，這個空缺就自然消失。

＊＊＊

距離考試沒剩多少時間了，偏偏今天進了新書，只好把晚飯時間全部用來整理圖書館的書籍。雖然每次參加社團活動的時候，都說要聚在一起學習，但在我想出給彗星的答案之前，還是覺得很難相聚。從他們兩人都不來圖書館這點看來，似乎素媛也察覺到了某種徵兆。

新進圖書的數量比想像中要來得多，所以沒來得及蓋章的書先放在研究室的內側。在打開研究室的同時，一下子便塵土飛揚，我打了幾次噴嚏後，才得以環視四周。期中考時關閉了那麼久，也沒積這麼多的灰塵。不管怎麼說，研究室位在角落，也沒有通風，如果不經常打掃，很快就會變髒。那麼，期中考期間研究室沒開放時，是誰來打掃的呢？

（看來是彗星打掃的。如果是素媛做的話，肯定有一兩個地方沒弄好。）

為了放入新書，我觀察了一下隔板，不知道是否這學期即將結束，許多的諮詢日誌已經擺在裡面了。我不經意間把它們一個一個打開來看，然後仔細閱讀自己寫的文章。金海沅，夢想成為小說家，但是由於父母反對，做出了放棄夢想的決定。由於在刪除記憶之後，喜歡寫作的心意依舊，在此契機之下，反而重新找回了自己的夢想。第一次見面時，雖然對於他放棄夢想的行為感到惋惜，但也有可能因為這樣，當他再次來到這裡時，我積極支持他去落實現在的夢想。

劉海藍，是個沒有希望實現愛情的單戀女孩。我以為放棄這種低效率的愛情也許更好，但是透過彗星的話，我明白了連這種心情本身都是很有價值的。原以為這會是令人惋惜的告白，卻讓我覺得非常美麗，甚至是心動。

權多景，還有徐星。雖然兩人還有發展出更深層關係的空間，但是因為徐星那個不是失誤的失誤，破壞了這個關係。我把權多景的精神健康放在第一位，最終決定刪除兩人的記憶。雖然我認為這是最好的決定，但如果讓兩人再次見面，結果會怎麼樣呢？這種想法仍然占據了我內心的一個角落。

讀完日誌後，我有很深的感觸。這整個事件中都有他。剛開始成立煩惱諮詢社時，除了吃掉記憶之外，我什麼都不打算讓他做。但是他的言談、行動、這一切都融入了這些文章中。正如大家所知，我所有變化的地方，處處都有他。若是把他忘了，我可能就回到原來的我，回到別人哭的時候不能一起哭，即使笑也要分析為什麼笑的無聊的我。回到在噩夢和現實中，沒有什麼不同的時候。

但是我有信心不會那樣。我遇到了素媛，也從接受我諮詢的學生那裡，學到了很多東西。雖然我是因為彗星而與素媛相識，但是與她的因緣又是另一碼事。也許與現在的我有些不同，但是和進入這所學校之前的我相比，一定會變得相當不同。這麼一想，對於抹去記憶的事，就少了一些恐懼。

（但是一想到要抹去記憶，還是覺得很可怕。）

如果權多景繼續帶著記憶活下去會怎麼樣呢？不能告訴任何人，即使擁有也讓人心痛的過去。如果我是權多景的話——

（果然還是不想忘記。）

但是我不能只憑現在的衝動來決定。如果在彗星離開之前我不決定的話，就永遠不會忘記這段回憶了吧！

（我能夠一輩子見不到他，只帶著這份回憶活下去嗎？）

在失去記憶之前才感到害怕，也許一切都結束後，會比我想像中來得好。但是突然闖進內心，不知來由的奇怪的話，妨礙我冷靜的判斷。說是不想忘記，想要留下一起度過的記憶。

如果他不是怪物，或者如果我不知道他是個怪物的話，也許與現在的情況會有所不同。雖然知道朋友是怪物，以及和怪物成為朋友，看起來很相似，但這是完全不一樣的事情。

（但是，他吃完我的記憶後，打算怎麼辦呢？）

如果飢餓感得到滿足的話，他可能會在這所學校停留得比預期更久。那麼難道在我失去記憶後，他還會繼續在這所學校上學嗎？一想到此，他過去說的一句話閃過腦際。故事的味道會根據自己的喜好而有所不同。如果這種味道直接關係到他能維持現在的模樣多久，而且我的記憶對他來說很重要的話，那麼他豈不是能比我想像中更長久地保持人類的面貌嗎？

（如果我們不是以怪物和人類的身分相遇，會怎麼樣？）

如果第一次見面的方式改變的話，會不會迎來與現在稍微不同的結局呢？他現在不把我看成單純的人類了。如果他只把我的記憶當作食物來看的話，就不會說不想吃，或者不想被我遺忘等話。所以，我現在只要不把他當成怪物來看就行了。即使後來發現他是個怪物，只要能以朋友的身分展開這段關係，也是有可能的。也許，從一開始就扭曲的這一切，都迎來了糾正的機會。這是我得出的結論，也是我能想到的最佳結局。

14 仲夏夜之夢

她說，如果我們之間有一堵牆，不管那堵牆有多高，都要盡力去打碎它、去和它衝撞。

星期五早上，因為有東西要準備，我在上學前暫時去了一趟宿舍的讀書室。在桌上發現了一張字體熟悉的紙條，上面寫著：「星期六傍晚七點，頂樓門口前。」

不知是偶然，還是故意迴避，我真的在星期六傍晚七點到來之前，一次也沒有見過世月。當天最後一次碰面時，她因悲傷而看起來疼痛的臉，一整天都在我眼前晃動。現在打開我面前的頂樓的門，妳會做出和那時一樣的表情嗎？像妳這樣的人，連我吃下妳的記憶都會感到不快，即使妳大喊「消失吧」，我也無話可說。雖然妳問過我會不會等到結業典禮結束，但是回去後妳要是回想我說過的話，可能剩下的只有憤怒。

離傍晚七點還有幾分鐘，不知是不是妳已經先到，頂樓的門已經開了。如果是平時，這種程度的門不會感到太重，但不知為什麼，今天從抓住門把的手中傳來的分量卻是如此重。

正如太陽較晚落山的季節一樣，即使到了傍晚快結束的時候，天空依然明亮。看到山頭的雲彩被染紅了，儘管那只是暫時的。世月站在這幅風景之中，凝視著這裡。她好像一直望著門，想著我什麼時候會來。

「妳來得真早，時間還沒到呢！」

「嗯，我怕你等著。」

在我走近之前，她背對著寧靜的陽光，大步朝這邊走來。從晚霞映照出的瞳孔中，可以看出讓人陌生的感情。那是一種不知來源的自信，是因為找到了明確的答案，所以才會有奇怪的從容。雖然不知道她會給出什麼答案，但可以肯定的是，現在她的眼中看不到一絲我所預想的憤怒。

「我有問題要問你。」

不知她到底要問什麼，看來那麼緊張。她停頓了一下，嚥了一下口水，然後接著講下去。

「如果吃了我的故事，你能以人類的形象維持多久呢？」

難道已經想到那個地步了嗎？也是，早就該說出來了。上次因為彼此的情緒太激動，所以沒能好好判斷清楚。怎麼會如此激動呢？沒想到我竟然會對世月和自己使用這種表達方式。

「想想至今為止的事情，不管怎麼說，我的感情越是同化，獲得的力量就越大。雖然我把它形容為味道。」

書籍本身很少包含人的感情。因為內容是淬鍊過的，所以它的力量並不大。唯有吃了幾十本大家手裡的舊書，才能獲得相當於一個人瑣碎記憶的力量。

我吃掉了徐星的記憶之後，想起了很久以前和那個孩子共度的旅程。那一刻我感覺被她的感情完全同化了。當時，我幾乎沒吃到任何故事，所以飢餓達到了極限。要不是因為吃了徐星的故事，我在學校還沒放假之前，就得銷聲匿跡了。這樣徹底消除飢餓感的記憶，除了吃掉那個孩子的記憶之外，已經事隔良久。託妳的福，我才得到了準備告別的時間。但是，由於長時間沒有吃故事，所以與故事具有的力量相比，飢餓感很快就再次降臨。

「所以，這次的故事對我而言，是比任何記憶都要長久的禮物。」

禮物一詞對世明來說，聽起來很無情吧！和她一起度過的時間本身，對我來說就是一份足夠的禮物。但是直到最後讓她受苦的是我，得到她幫助的也是我。「對不起」這句話直衝我的喉嚨。雖然帶著離別的痛苦而走的只有我，但這也是我想要的，所以沒能成為請求諒解的藉口。當時我就是這麼想的。

「那麼，這幾年應該很可笑吧！」

即使用力抓住衣服也不會撕破衣服，但是她卻小心翼翼地抓住我襯衫的衣袖，好像在對待被淋雨過的花瓣一樣。上次明明那麼直接就握住了我的手。

「那麼，你再來找我吧！」

她現在是否意識到自己在說什麼？抹去記憶之後，要我裝作先不認識，然後再裝作很熱的樣子？這並非沒有先例。因為這是很久以前我對那孩子犯下的錯誤。她至今還不知道怪物和人類之間的障礙之高。只要稍微等待就能擺脫困境，為什麼非要讓自己再次陷入深淵呢？

「夏天結束後，重新開始。」

但真正可笑的是，我現在的樣子彷彿被這句話自然而然地說服了。她對我來說一直是個例外，但悲劇是不挑人的。從我們的關係糾結在一起的那一刻，即使我對她隱瞞到底，也絕對不能成為真實的關係。就像那個孩子死之前，我隱瞞了所有真相，維持充滿欺騙的關係一樣。

即使如此，或許這孩子也可以吧！當初我們是從互相瞭解對方底線後開始的關係。即使知道我是怪物，她還是用這種眼神看著我。那個孩子什麼時候也能用這樣的眼神看著我呢？現在，已經沒有什麼關係了。現在在我面前的是世月，為了得到想要的結局而努力的，也只有她的事而已。

「這次我們真的要好好瞭解彼此。」

不是人類和怪物，而是以李世月和林彗星開始吧！

這就是她給出的答案。從抓住袖子的瞬間開始，稍微顫抖的聲音說那句話的瞬間，其實並不是那麼明確。這說明了她充滿眼神的自信來自於答案。她已經不把我當成怪物了。她說，如果我們之間有一堵牆，不管那堵牆有多高，都要盡力去打碎它、去和它衝撞。

如果不想迎來這樣的結局，就當作當初不存在牆壁一樣，互相伸手就可以了。我對她來說不是怪物，她對我來說不是利用的對象，而是生活在此時此刻就行了。我應該回答「不可能」的，但我在抓住我袖口的她的手背上，疊上另一隻手。

「我想讓妳忘記這一切。」

「我什麼都不想忘記。」

「即使不忘記也沒關係。」

「我不想在知道你不會回來的情況下記住你。我沒有那麼浪漫。」

雖然一直待在外面，但多虧了整個下午照射著屋頂上的陽光，她的手上充滿了足以讓我的手感到熱度的溫暖。

「我不是為了想忘記你，才決定刪除記憶的。我只是按照自己的想法，得出最理想的結論就是如此而已。」

她如此害怕失去記憶，但與其說是設法給自己留下記憶，不如說是努力尋找讓我留在這裡生活的方法。不希望給別人帶來傷害的她，絕對不會用那種只讓對方保留記憶的方法。因此，經過深思熟慮後做出的決定，也許就是現在的選擇。過了一會兒，她告訴我做出這個選擇的另一個理由。

「還有，我一直想，如果不知道你是怪物而變得親近的話，應該比現在好多了。」

我們的關係與正常情況不同。我利用她，她把我當成了累贅。即使現在彼此的感情與過去相差甚遠，但一度填滿心靈的感情殘渣，也會成為愧疚感，在腦海中彷徨不已。如果我不需要尋找自己能吃的故事，我們也不需要因為是異類的存在而互相警戒，那麼這段關係會變得平凡嗎？有些人可能會說這種關係才是特別的，但對我來說，只是一個讓我一生都過著異鄉人生活的標籤而已。

我能成為不是異鄉人，而是其他人的誰呢？只要抹去記憶，還有，如果我再來找她的話；既然她這樣說，我不能只是抹去她的記憶就離開了事，那才是她始終不能原諒的事情。即使我不再回來，其實她什麼也不知道，但既然聽了她這句話，我就知道自己的腳會自然而然地把我帶回這裡來。

「我怎麼能拒絕妳呢？」

我沒有說明是拒絕不了她的請求，還是無法直接拒絕她本身。我把我的話交給她來判斷。不管怎麼解釋，反正我已經傳達出我還會回來的意思。

「結業典禮的前一天更好吧？班導說當天白天會讓學生們回家。我們不同班，大家都會鬧哄哄的，我們連見面的精神都沒有。」

「期末考結束後，就沒有晚自習了，前一天晚上見個面吧！只要一會兒就行，在宿

舍樓梯上見面應該也沒關係。」

到時只要一會兒一切就結束了。在那短暫的時間裡，我就會明白我對她來說意味著什麼。但是，比起那份好奇心，更讓我感到瞭解我的她，即將不存在的事實更加接近了，我甚至無法意識到自己對她的記憶感到好奇。

「下週是期末考，馬上就是結業式了，現在只剩下一週左右。」

「這段時間累積點回憶吧！即使我忘記了，你也會記住我的那份。」

雖然她面帶微笑，嘴角卻微微顫抖。也許是為了戰勝恐懼而強顏歡笑吧！在我照顧不周的情況下，比起感謝，我更感到悲傷，但我似乎真心相信她的笑容，跟著她笑得很開心。

＊＊＊

不久前還感到遺憾的我，如今都感到愧疚了。我以為今後不會再有事情可做了。聽到只要放假就會再次每天見面的消息後，我苦惱了很久，簡直就像傻瓜一樣。

「……所以，世月就這樣決定了。」

有別於之前，彗星似乎稍微打起了精神。現在看來，反而是世月讓人無法理解。

「世月到底在想什麼呢？在不知道你真實身分的情況下把你留在身邊，這比什麼都知道還要危險。」

「我沒有製造危險的想法。如果妳感到不安，就在旁邊守護我們吧！」

即使你不說，我也想這麼做。

「順便說一下，我不想把我的記憶留給別人。雖然我也沒想張揚你的真實身分。」

「我根本就沒想要吃人的故事。反正妳已經知道了怪物的存在，所以妳的日常生活不管是否抹去記憶，都不會有太大的變化。」

光看這個就知道他對待我和對待世月的態度有多麼不同。這從他只要是任何關於世月的事情都會有敏感的反應，卻把我當作無關緊要的人來看待，就能找到答案。

「幸虧你不是完全離開。」

「什麼呀，我一說要離開，就覺得捨不得了嗎？」

我用瞪他的眼神代替回答。雖然他的表情在別人眼中是平凡的笑臉，但對於現在的我來說，他的笑容遠遠不止於此。

「這是世月決定的事情，所以沒辦法。但只要你被發現試看看，到時候我會負責把你趕走。」

「這是誰該說的話。妳才不要因為行為不自然而被發現。」

「這種程度根本就看不出來，管好你自己就行了。」

彗星和我抱著連一句話都不願服輸的想法，繼續回答了沒必要回答的問題。

＊＊＊

直到結業式前一天為止，彗星都沒有提到在頂樓上的對話。當然，我也一樣。今天的考試考得怎麼樣？有沒有問題？斷斷續續只有那麼一點對話。除此之外，交談的內容也都是日常生活的瑣事。他偶爾沒有話可說時，就會莫名其妙地問我放假後要做什麼，打算去哪裡。

在最後一次考試結束的今天，不知道大家是不是都在享受一個學期結束的自由，宿舍讀書室裡一個人也沒有。晚點名之後，為了收拾回家的行李，我去了一下讀書室，然後回到房間。一聽到有人的聲音，把頭轉向旁邊的瞬間，正好與從走廊內側走來的彗星四目相視。這樣看來，我們並沒有定好什麼時候見面的時間。因為彼此都希望那個時刻不會到來，所以一再拖延，結果被推遲到了這麼晚的時間。我們彼此什麼話都沒說，就一起上了樓梯。

宿舍的五樓是老師和外部人員使用的，因此如果沒有特別需要，五樓和四樓之間幾乎沒有人會使用樓梯。雖然擔心會不會遇到祕密見面的情侶，但幸好樓梯上沒有人。我坐在臺階上，背對著鑲滿了窗戶的牆壁，直盯著站著的彗星。從除了學校後山和夜空以外，什麼都看不到的窗戶中，照射入白色的月光。他的眼睛沒有變紅，也沒有露出當時看到的虎牙，但是那一瞬間他全身都散發出不是人的感覺。

「現在才剛知道彼此喜歡的東西是什麼，但很快就會忘記的。」

「以後見面的話，那些話也會重新再說的。」

我直到最後都要讓你看到我的笑容，就像上次那樣。但是，我果然沒有裝模作樣的天賦。就像在頂樓時最終忍不住哭泣一樣。如果連眼淚都流下來，我怕他會心軟，會因為愧疚感而不來找我該怎麼辦的想法，才勉強忍住了淚。彗星代替笑不出來的我，自己面帶微笑，為了讓我安心，握住了我的手。

我們沉默好久沒說話，簡直無法估計已經過了多久。即使知道他會再來，也很害怕說出「請立即帶走這個記憶」的話。如果就這麼天亮了，是不是可以從噩夢中醒來呢？明天早上也會理所當然地互相看著對方的臉，對短暫的離別感到遺憾，產生了可以問候對方好好度過假期的錯覺；只要說一句開始吧！這樣的想法也很快會被清除乾淨。

「我會再來的。」

「我們約好了，如果你不來找我的話，無論如何我都會想起來的。」

「我會謹記在心的。還有，好好放假吧！」

如果再次見面，而且如果關係比現在更深的話，就像他對我那樣，有一天我也能擺脫被埋藏的記憶。到那時，彗星也許會告訴我，我們其實一起度過了漫長的春天。妳不記得的那一刻，我全都記得，包括妳感受到了什麼心情，感受到的全部一切。他知道現在連我都分不清是熟稔還是愛情的感情意味著什麼，而且，在遙遠的將來，他會代替我回答這個問題。那時候的我會比現在更沉迷於他吧！是啊！現在的感情只是讓人覺得非常微不足道和青澀而已。

為了看到他瞳孔變色的瞬間，我目不轉睛凝視著彗星的臉。雖然以為等了很長的時間，但是看不到變色的跡象。想問什麼時候開始的那一刻，他棕色的虹膜像是顏料一樣蔓延開來。這是告別的一瞬間，應該不會是太久的告別。我們還能在一起多久呢？唯一可以確定的是，在你來之前，我會在不知道等著誰的情況下，等待著你。

結語
煩惱諮詢社有一隻吃故事的怪物

當時是暑氣未退的九月。別人可能認為時間過得快，一下就開學了，但是我整個兩個月都在翹首以待今天的到來。我的父母應該也是那樣。但是這個夏天與以前相比，有一個不同之處。十六年來，只要情況好轉就會出現的噩夢，在整個夏天一次也沒有出現過。頻率急劇減少似乎是從今年春天開始，因為整個學期我做那個夢的次數只有兩三次。

即使想瞭解原因，也因為可能性太多而毫無頭緒。第一次交到朋友、參與煩惱諮詢社的活動時，傾聽了別人煩惱的事情；為瞭解決苦惱，努力瞭解他們是什麼心情的紀錄，以諮詢日誌的形式堆積如山，整理好放在研究室的角落。在將已經成為過去式的第一學期的紀錄裝進箱子之前，我想恢憶一下記憶，順便讀了一下。

越是讀這些日誌，我越是無意識地感覺到隱藏在文章和文章之間，有些令人費解的地方。在閱讀內容時，我發現了金海沅的諮詢紀錄中，有一部分用橡皮擦擦掉後留下的細微字跡。仔細一看，那裡寫著無法相信是我寫的，反而讓人不由自主地希望自己看錯了的內容。「抹去記憶後」，分明就是這幾個字。好像是不可以記錄的內容一樣，這些字如果沒有仔細看，根本看不出來。權多景和徐星的諮詢紀錄中，也留下了類似的痕跡。但這不是素媛的字體，因為她的字體非常整齊，接近楷書體，與別人有著明顯的區別。這麼，那些厲害的話是我寫出來的，卻還記不住？

是啊！可能是因為我的各種筆跡重疊了，所以才看錯了吧！這樣一想就沒放在心上了，認為只是我的失誤。

我將沒讀完的日誌放在紙箱裡，走出研究室，因為現在是吃午飯的時間，所以我以為不會有人來圖書館。啊！那不是結業式代表領獎的那個人嗎？開學典禮的時候也是隔壁班，所以好像見過面。連結業式是哪天都不知道，真是神奇又顯眼的人。嗯，我的朋友只有尹素媛，而且一直泡在圖書館裡，所以即使我誰都不認識，也不足為奇。當時，我以為他是來借書的，所以想告訴他還沒有整理好。

「我是想加入煩惱諮詢社才來的。」

煩惱諮詢社在第一學期一直都沒什麼人氣，除了尹素媛之外，沒有人願意進來。這麼看來，尹素媛為什麼會加入呢？嗯，幸好我們因此變得親近了，還經常一起吃飯，不過這好像沒什麼關聯性。總之，神奇的是，突然來了這麼受人矚目的學生要加入這樣的社團。

「第一學期的時候沒有加入其他社團嗎？」

「為了集中精力學習。我想從這個學期開始嘗試一下。」

他那充滿好意的眼神讓人感到負擔，於是我偷偷地避開他的視線。雖然覺得是不是失禮而有點尷尬，但是再次看到他的表情，發現他似乎並不在意。

「妳是煩惱諮詢社的社長吧？我從其他同學那裡聽說了。」

「嗯，我會把入會申請書拿過來，請稍等。」

「不，我知道負責的老師是誰，我待會兒親自去說。看樣子整理起來好像很辛苦。」

既體貼又有個性，好像沒有特別讓人看不順眼的地方。如果是初次見面的話，應該會相處得很彆扭，但是連那個都感受不到。不管怎麼說，他的親和力還算不錯。

「如果是那樣的話，我當然很感激。」

本來就因社員少而苦惱，一看就覺得性格好的人能進來，對我來說真是萬幸。對異性感到不便的男孩子們，現在也可以安心接受諮詢了。只要素媛也覺得不錯，就讓他入社吧！

「在圖書館的整理結束之前，很難開始社團活動，你一週後來這裡就行了。我們的社辦是在圖書館的研究室。」

「啊！謝謝。可以問一下手機號碼嗎？有什麼想問的問題，就聯繫我吧！」

「我把號碼念給你，以後發簡訊給我吧！」

他手裡拿的手機，最近經常出現在廣告中，連不是用那款手機的我，也覺得很眼熟。

他在對話過程中一直面帶微笑，不知是否因為這樣，我也跟著這樣的氣氛，放下手中的書，伸出右手跟他握手。這是平時意想不到的行為，幸好他面無難色地咧著嘴笑，握住了我伸出的手。

「以後請多多關照。」

「我才是。正好社員不足。」

握完手，正要放手的時候，他偷偷地把左手拿著的什麼東西，塞在我的手裡。一張開手，看到的是大小剛好可以一手握住的迷你巧克力。

「因為妳看起來工作得有點累，所以想說吃甜食會不會來點精神。我喜歡甜食，所以經常隨身攜帶。」

這種程度的話，會讓人覺得是不是另有所圖，細心到讓人懷疑。當然，也不是會讓人心情不好。從初次見面的人那裡得到這樣的好意，只是有點彆扭而已。如果他繼續參加社團，我能否像跟尹素媛一樣，和這個人變得親近呢？如果非要現在定下答案，恐怕就是那樣。不是說第一印象好的話，就是成功了一半嗎？這樣看來，一會兒和尹素媛約好一起吃晚飯，到時候再說吧！要是聽說煩惱諮詢社來了新成員，她因為要做的事情變少，也會喜歡吧！

吃故事時的感受，

是唯一能讓我切實感覺到自己還活著的方法……

每當想起有關他的記憶，每當看到和他處境相似的某人，

我都會回想起格外的黑暗森林風景。

在這世上最悽慘、最膽怯的那個夜晚，

以文字留了下來，想擦掉卻怎麼也擦拭不掉的記憶。

我為什麼不能吃掉自己的記憶呢？

作者的話

事實上，我第一次寫這種長度的文章。這是想像我上高中的情景而寫的，好像都不知道當初時間是怎麼過去的。《我想吃掉你的故事》這部作品對我來說意義特別重大，因為這部作品讓我有了用自己的文字出書的自信，也讓我成長了許多。

這部作品的主角世月透過彗星和素媛，以及其他學生們，逐漸熟悉了與別人的感情產生共鳴的方法。素媛象徵著世月的理想，是她所憧憬的人物。而彗星為了實現世月的心願，在沒有預告的情況下出現，顧名思義就是「彗星」一樣的存在。

我認為青少年時期是為了尋找自己的目標，為了實現這一目標而孤軍奮戰成長的時期。因此，我想以讀者們能夠愉快閱讀的故事形式來記錄這段成長。經過深思熟慮後選擇夢想的海沅、學會了喜歡某人的感情的海藍、為了克服傷痛，不得不忘記自己喜歡的女孩的多景，以及學會如何擺脫傷痛的徐星，我希望包括主角在內的所有人的故事，都能給人們帶來安慰，所以寫了這部作品。

真心感謝對於不認真念書，反而在考試期間寫文章的子女給予鼓勵的父母。感謝在我陷入寫作瓶頸時，以隻字片語傳達支援的朋友們。還有對於把只存在腦海的作品角色和話匣的樣子畫得很帥氣的插畫家李佩（譯音），並且協助這部作品出版成書的Easy Book出版社的職員們，以及帶領我這個笨拙又能力不足的作家的李賢智編輯，致上由衷謝忱。

——明昭庭

K原創 023

我想吃掉你的故事：歡迎來到煩惱諮詢社

作　者｜明昭庭
繪　圖｜ryepe
譯　者｜何汲
出 版 者｜大田出版有限公司
台北市一〇四四五中山北路二段二十六巷二號二樓
E-mail｜titan@morningstar.com.tw http://www.titan3.com.tw
編輯部專線｜（02）2562-1383 傳真：（02）2581-8761
總 編 輯｜莊培園
副總編輯｜蔡鳳儀
行銷企劃｜陳蕙菁
行政編輯｜鄭鈺澐
校　對｜何汲／黃薇霓
內頁美術｜陳柔含
初　刷｜二〇二三年八月一日　定價：三九九元
網路書店｜http://www.morningstar.com.tw（晨星網路書店）
TEL：04-23595819 FAX：04-23595493
購書Email｜service@morningstar.com.tw
讀者專線｜04-23595819 #230
郵政劃撥｜15060393
印　刷｜上好印刷股份有限公司
國際書碼｜978-986-179-811-0　CIP：862.57/112006609

填回函雙重禮
① 立即送購書優惠券
② 抽獎小禮物

國家圖書館出版品預行編目資料

我想吃掉你的故事／明昭庭著；何汲譯．——
初版——台北市：大田，2023.8
面；公分．——（K原創；023）

ISBN 978-986-179-811-0（平裝）

862.57　　112006609

This book is published with the support of Publication Industry Promotion Agency of Korea (KPIPA).